através da dor

Luiza Graziela Santos

Ilustrações de Rafaela Amorim Pinheiro

Editora InVerso

R. Doutor Goulin, 1523 Alto da Glória
CEP 80040-280 Curitiba-PR
(41) 3254-1616 e (41) 3558-8001
editorainverso@editorainverso.com.br
www.editorainverso.com.br
Facebook.com/editorainverso
Instagram @editorainverso

COORDENAÇÃO EDITORIAL
Cristina Jones
Editora InVerso

REVISÃO
Letícia D. G. França
Carlos W. Jorge

PREPARAÇÃO DE TEXTOS
Alessandra Macon

ILUSTRAÇÃO
Rafaela Amorim Pinheiro

DIAGRAMAÇÃO
Isabella Vitória

DESIGN DE CAPA, PROJETO GRÁFICO E DIREÇÃO DE ARTE
Adriane Baldini

DADOS INTERNACIONAIS DE CATALOGAÇÃO NA PUBLICAÇÃO (CIP)
Mona Youssef Hammoud – CRB/ 9ª 1393

S237a

SANTOS, Luiza Graziela. **Através da dor**
Curitiba.: Ed. InVerso, 2022
278 p. 15 x 21 PTBR

ISBN: 978-85-5540-253-1

1. Romance jovem adulto. 2. Depressão. 3. Abuso de substâncias 4.Suicídio. 5. Relacionamento abusivo. 6. Agressão I. Título

CDD: 869.341

Romance: 869.341 Depressão: 156.2

Quer saber mais sobre este livro e conhecer a autora? Acesse aqui com seu celular e veja como foi o lançamento!

ASSOCIADO CBL Câmara Brasileira do Livro

brazilian publishers

Dedico a você, que sofre ou já sofreu qualquer tipo de violência. Que a dor e as marcas causadas possam ser ressignificadas, como as de Amber.

***

Agradeço às pedras no caminho, que, todos os dias, me ensinam sobre resiliência e persistência.

CLASSIFICAÇÃO INDICATIVA: +18

Nota da autora

Através da Dor é uma história fictícia carregada de temas sensíveis e pode conter gatilhos mentais. Na obra, abordarei os seguintes temas:

- Depressão;
- Abuso de substâncias;
- Suicídio;
- Relacionamento abusivo familiar e amoroso;
- Agressão física, sexual e psicológica.

Os temas serão tratados de forma responsável, com sensibilidade e cuidado.

Se você deseja um romance, não se preocupe — Através da Dor irá entregar tudo: um romance de tirar o fôlego, amores do passado e um casal que se odeia. Espero que você chore, se emocione e se apaixone pelos personagens, e que de alguma forma este livro seja capaz de te ajudar a perceber que nem tudo está perdido, que é possível superar os traumas com a ajuda certa e que as pessoas, quando querem, podem, sim, mudar.

Se você se identificar com os personagens, procure um psicólogo.

Este livro tem uma playlist com todas as músicas citadas na história e mais algumas que inspiraram a autora no processo de escrita. Você vai curtir!

Prólogo

Nem mesmo os anos foram capazes de me fazer esquecer do brilho daqueles olhos cor de âmbar. Ethan está de volta, e não sei se isso é bom ou ruim. Após a sua partida muitas coisas aconteceram, e a soma de todas elas quase me tirou a vida.

1

— *Emily Brown, uma jovem de vinte anos, acaba de se jogar no Tâmisa. As equipes de busca estão chegando ao local para tentar encontrá-la. Infelizmente, este não é um caso isolado, pois, de acordo com a OMS, o suicídio é a segunda causa mais comum de morte entre jovens de 15 a 29 anos.*

Estava descendo as escadas para sair quando ouvi o noticiário. Meu pai está sempre assistindo aos telejornais, mas, no meu caso, já faz anos que não paro para assisti-los. As notícias sempre mexem muito comigo, principalmente as que envolvem suicídio; chego a pensar que anos atrás poderia ser o meu nome no noticiário.

— Amber? Já está pronta? — perguntou Luke, meu irmão.

— Sim, podemos ir — falei, indo em direção à porta.

Antes de sair, dei uma última olhada na televisão; Emily Brown era muito bonita. O que teria acontecido para que ela perdesse as esperanças? Saí de casa e fui direto para o carro, onde Luke já estava me esperando.

— Qual é, Luke? É nosso aniversário. Pelo menos desta vez você poderia participar.

— Amber, sabe que não ligo para comemorações. Não vou a festa nenhuma.

— Caralho, Luke, não é todo dia que completamos 21 anos! Estamos oficialmente nos tornando adultos. Você já está indo me levar, ao menos fique um pouco. — Ele apenas revirou os olhos, como se não aguentasse mais me escutar.

Luke é meu irmão gêmeo. Nascemos no dia 20 de setembro, o que é ótimo, porque ainda é verão em Londres. O clima quente faz com que eu fique mais animada para comemorar a data, mas nem isso faz Luke se animar. Nós somos muito parecidos fisicamente: pele extremamente branca e cheia de sardas, cabelos escuros e olhos violeta. Temos quase a mesma altura: ele tem um e oitenta, e eu, um e setenta e cinco, mas é só isso que faz com que as pessoas saibam que somos irmãos, pois somos totalmente opostos em todo o resto. Enquanto eu sou extrovertida e muito sociável, ele é um pé no saco, rabugento e antissocial — o que muitas vezes é bom para mim, pois fico livre de sua proteção excessiva. Mas desta vez é diferente: é nosso aniversário, e eu queria que ele ficasse. No entanto, sempre que tento alguma aproximação, ele recua.

— Às 4 horas estarei aqui na frente. Feliz aniversário, Amber — disse ele, beijando minha testa e inclinando-se para abrir a porta do carro, expulsando-me sem nem mesmo esperar que eu dissesse o mesmo.

A festa foi exatamente como eu esperava: música boa, amigos e muita tequila. Quando eram quase quatro horas, Alisson e os demais foram embora, e eu fiquei observando os carros que paravam, esperando ver Luke, mas não o encontrei.

Nesse momento, vesti o casaco que carregava sempre comigo, mesmo nos dias quentes. O fato é que crescemos cheias de medos: medo de sair sozinha, medo de andar nas ruas, medo de vestir as roupas que gostamos. Vivemos em um mundo onde ser mulher é sinônimo de medo. É aí que me pergunto: até quando teremos de contar os corpos das vítimas que são constantemente culpadas por terem sido abusadas, usadas e mortas? Eles dizem:

— Sua roupa era muito curta!

— *Ela estava pedindo; ela queria, ela merecia!*

— *Uma mulher deve entender que seu modo de se vestir provoca os homens!*

Homens? Que homens? Pois me parece que estamos lidando com animais irracionais, que pensam com a cabeça do pau, e nem mesmo isso lhes dá a permissão de nos tirar o que é nosso direito: a liberdade de ir e vir da forma como nos sentimos bem. É aqui que volto a questionar: até quando?

Peguei o celular e escrevi uma mensagem:

Puta que pariu, Luke! Cadê você? Atende essa merda de celular!

Só podia ser brincadeira. E para piorar, a boate começou a esvaziar; logo a rua ficaria deserta.

— *Luke, acho melhor você estar morto, ou quando encontrar você, eu mesma te mato. Foi uma puta sacanagem esquecer de me buscar. Quer saber? Vou pegar um táxi, e saiba que irá me reembolsar esse valor* — falei na mensagem de voz.

O único problema é que não conseguia ver nenhum táxi por perto e teria de apelar para os motoristas de aplicativo, torcendo para que alguém estivesse por perto. Se soubesse que Luke não viria, teria ido embora com Alisson, mas agora já fazia muito tempo que ela fora embora, e nesse momento já devia estar apagada. Para piorar, não recebi retorno de nenhum motorista. Estava fodida! Como ia voltar pra casa?

— Amber? — Alguém me chamou. Em seguida, um carro parou na minha frente. No primeiro momento, fiquei assustada e não consegui identificar quem era. Estava escuro, mas quando ele se aproximou pude ver seu rosto. Eu jamais o esqueceria. Eu conhecia cada detalhe daquele rosto. Mesmo com o passar dos anos, sempre vou me lembrar desses olhos cor de âmbar — um castanho-avermelhado, com tom de dourado e acobreado no fundo —, lábios vermelhos e grossos, maxilar definido e a barba por fazer. Sem falar nos cabelos pretos como a noite, aparados

dos lados, com um certo volume no topo da cabeça. Esse era o rosto que um dia amei mais que a mim mesma.

— Ethan? — perguntei, sem acreditar, enquanto ele me encarava com a mesma intensidade de cinco anos antes, quando dizia amar meu cabelo preto em contraste com a minha pele branca, ou quando se perdia na imensidão dos meus olhos violeta, como os da diva Elizabeth Taylor, enquanto contava minhas sardas...

— O que faz aqui sozinha?

Demorei um pouco para conseguir responder. Meu coração estava a mil, e meu corpo todo se arrepiou só de ouvir aquela voz rouca — a mesma que dizia no meu ouvido: "você é o meu âmbar, meu talismã". Não é segredo que sou fascinada por âmbar, a pedra que minha mãe sempre colecionou como talismã para sorte, saúde e coisas boas.

— Estava esperando Luke me buscar, mas ele não apareceu.

— Entre. Levo você pra casa.

Luke ficaria furioso, mas eu não tinha alternativa senão aceitar. Moramos muito tempo na mesma rua. Eles viviam grudados, e se Luke não fosse um otário machista e superprotetor, poderiam ser amigos até hoje.

— Obrigada. Se não for nenhum incômodo, vou aceitar.

Quando entrei no carro, parecia que tudo era uma armação do universo: no rádio tocava You And Me, da banda Lifehouse. Acho que não existe outra música que descreva melhor esse momento.

— Não incomoda em nada, é o mínimo que posso fazer. Ainda moram no mesmo lugar?

— Sim, ainda moramos lá.

— Você não mudou nada, sabia? Continua tão linda!

Faltavam-me palavras. Não esperava que revê-lo mexeria tanto comigo. Na verdade, não esperava revê-lo.

— O que tem feito? Espero que seja algo relacionado à arte — comentou, constrangido com meu silêncio.

— Sim, curso Arte na University College London.

— Você sempre levou jeito para essas coisas. Lembro que vivia pintando as paredes. Elas continuam pintadas? — perguntou, dando uma risada. Era estranho estar com ele, que ainda me via como da última vez.

— Exatamente como as deixamos — respondi, sem graça.

— E como está o Luke?

— Como sempre: um pé no saco. Posso até dizer que está pior que antes; muitas coisas aconteceram depois que você foi embora.

— Tipo o quê?

— Nada que mereça ser lembrado. Vocês nunca mais se falaram?

— Pouco antes de me mudar, tentei falar com ele, mas ele me ignorou. Sinto falta daquela época.

— Eu sinto muito, não deveria ter sido daquela forma.

— Não sinta. Ele teve as razões dele, e eu não me arrependo de nada — falou, tirando uma mecha de cabelo do meu rosto. Um simples toque dele fazia com que todo o meu corpo respondesse.

Não demorou muito para chegarmos à minha casa. A carona foi rápida, rápida demais, e eu precisava de mais tempo; tinha tanto o que perguntar, mas quando ele estacionou, não consegui dizer nada além de:

— Obrigada pela carona — falei, esperando que ele me pedisse para não ir. Queria que me pedisse para ficar, ficar com ele, conversar, falar sobre tudo o que aconteceu nesses cinco anos longe, mas, diferentemente do que eu desejava, Ethan ficou em silêncio. Coloquei minha mão na maçaneta e, antes de abri-la, senti seu toque em meu braço.

— Amber? — perguntou, quase que em um sussurro. Deus, perdi as contas de quantas vezes sonhei ouvi-lo sussurrar meu nome outra vez.

Virei-me para encará-lo. Seus olhos me observavam como se fosse a última vez, como se duvidasse de que outro momento como esse fosse acontecer de novo. Devagar, a mão que tocava meu braço começou a subir até tocar o meu rosto. Seu toque era delicado, como me lembrava, mas eu queria mais, queria poder me lembrar de tudo de que sentia falta. Deixei-me levar pelo toque, aproximando-me cada vez mais. De repente, pude sentir sua respiração tocando a pele do meu rosto; sua boca estava a poucos centímetros da minha, e com um pequeno movimento pensei que ele me beijaria. Contudo, assim como em meus sonhos, o momento não durou. O barulho da porta de casa se abrindo me tirou da nostalgia de estar novamente em seus braços e me trouxe para a realidade.

— Amber, acho melhor você ir. Seu irmão está na porta.

— Merda! — deixei escapar, afastando-me.

— Feliz aniversário, Amber — falou, conforme me observava sair do carro.

Fazia cinco anos que não o via. Não imaginava que meu coração fosse bater tão rápido quando o encontrasse. Não fazia ideia de como sentia falta daquele toque até senti-lo novamente.

Desci do carro, com Luke me encarando na porta de casa. Seus olhos ardiam de fúria quando viu quem havia me trazido para casa, mas antes que ele desse um passo para sair de casa, empurrei-o para dentro.

— O que estava fazendo com ele, Amber?

— Você não apareceu, não consegui nenhum táxi ou Uber. Ele apareceu e me ofereceu carona.

— Ele simplesmente apareceu? Que conveniente! Eu não quero você perto dele, entendeu?

— Se você tivesse me buscado, não o teria encontrado — reclamei, saindo.

— Amber, estou falando sério — falou ele, puxando-me com força pelo braço.

A verdade é que Luke ainda estava ressentido. Para ele, o que eu e Ethan fizemos foi uma grande traição.

— Você está me machucando! E se toca, Luke! Eu não sou mais uma criança, e você não é meu pai.

— Você já desgraçou esta família uma vez, Amber! Não vou deixar que faça isso de novo.

Ele me encarou. Seus olhos transpareciam raiva e dor, mas ele me soltou segundos depois. Entrei no meu quarto e bati a porta. A única coisa em que conseguia pensar era que Ethan estava de volta e me olhava como se dependesse disso para viver. Meu Deus, como sentia sua falta! O engraçado é que tudo no meu quarto me lembrava ele: as paredes pintadas com gravuras que representavam nosso primeiro beijo; o abajur colorido, que iluminou nossas noites quando nos escondíamos aqui; e a minha cama macia, que permitiu que eu me entregasse totalmente a ele.

NÚMERO DESCONHECIDO

2

Demorei para dormir. Todo o estresse com Luke e o reencontro com Ethan me fizeram perder o sono, e nem mesmo toda a tequila que havia bebido me ajudou a dormir rápido. Aproveitei para mandar mensagens contando tudo para Alisson, minha melhor amiga. Enquanto isso, em meus fones de ouvido tocava Blind, da banda Lifehouse.

Quando finalmente dormi, sonhei com Ethan. No meu sonho, ele não havia ido embora; nós estávamos juntos, planejando nosso futuro. A realidade é que foram cinco anos longe dele — quase quatro anos sem nos falarmos — mas foi só olhar para ele por alguns segundos e tudo aquilo que senti um dia voltou à tona, como uma avalanche. Eu ainda o amava. Acordei assustada com o barulho do celular. Quando o peguei, tocava sem parar. Era Alisson. Com certeza, havia acordado e visto minhas mensagens, pois nos últimos cinco minutos ela me enviou umas vinte mensagens de texto. Quando decidi responder, ela me ligou.

— Estou aqui, venha abrir a porta — falou, do seu jeito escandaloso de sempre.

Dei uma risada alta e desliguei o celular, enquanto saía para abrir a porta.

— Você não estava me respondendo, tive que vir até aqui — declarou ela, entrando.

Alisson sem dúvida é a pessoa mais bonita que já conheci: ela é baixinha, sua pele é escura num lindo tom café, seus cabelos são encaracolados, até a cintura, sua boca é volumosa, e seus olhos são escuros como uma noite estrelada, devido a alguns pontos amarelados em sua íris; mas não é isso que a faz ser a minha pessoa favorita do mundo — é seu coração puro, sua risada escandalosa e sua lealdade. Mesmo nos momentos mais difíceis, ela nunca me deixou. Isso faz dela "a minha pessoa".

— Meu Deus, quanto desespero!

— Desespero? Você me mandou mensagem dizendo que encontrou o Ethan! Acha que eu não ia querer saber tudo? Você não me respondeu, então vim correndo pra cá.

— Shh, Luke não pode ouvir.

— Ele não sabe? — perguntou, quase sussurrando.

— Pior que sabe. Ele viu quando Ethan me deixou aqui. Já me falou um monte de merda, ordenando que nunca mais o visse, mas agora que sei que ele voltou pra cá não consigo não pensar nele.

— Luke devia parar com esse sentimento de posse; você não é mais criança. Nem mesmo era criança quando ele pegou vocês dois juntos.

— Ele nunca vai entender isso. Sentiu-se traído quando soube que o melhor amigo e a irmã estavam se encontrando escondidos, e se sentiu pior ainda quando, de acordo com ele, eu "desgracei" a nossa família. Ele sempre vai culpar nós dois por tudo isso.

Deitamos na cama e, enquanto falávamos do Luke e do Ethan, minha cabeça foi longe, lembrando como tudo aconteceu.

Cinco anos atrás

Nós sempre moramos em Londres, na mesma casa, desde que nascemos. Crescemos com Ethan, porque nossas mães já eram grandes amigas, e, mesmo ele sendo dois anos mais velho, o tempo e a convivência fizeram com que nós três nos tornássemos grandes amigos. Foi assim até meus treze anos, quando conheci Alisson e comecei a passar mais tempo com ela do que com eles. Não ficávamos os quatro juntos, porque a minha amiga e o meu irmão nunca se deram bem.

Ethan passava a maior parte do tempo em nossa casa desde pequeno. Sua mãe é médica e estava sempre fora a trabalho, o que fazia com que ele ficasse mais com a gente do que na própria casa — meus pais até o consideravam da família. Agora eu tinha dezesseis anos e, milagrosamente, voltei a passar mais tempo com Ethan. Na verdade, essa aproximação era porque nossos melhores amigos estavam sempre ocupados cheios de atividades extras; os dois ficavam o tempo todo tentando provar seu valor, com uma necessidade enorme de ser sempre o melhor em tudo o que faziam. Eles são tão iguais que chegam a se odiar. Ainda acho que um dia esse ódio todo se tornará amor.

Estar novamente próxima a Ethan estava me fazendo olhá-lo de forma diferente. Percebi que ele não é só um rostinho bonito, apesar de ficar sempre encantada com aqueles cabelos pretos e aqueles olhos cor de âmbar — ele é engraçado e está sempre se esforçando para me fazer sorrir.

Estava na cozinha preparando algumas tintas e, enquanto isso, deixei meu celular ligado, tocando músicas da minha banda favorita: Lifehouse. Levei um susto quando a campainha tocou. Quando abri a porta, vi Ethan e, no mesmo momento, começou a tocar You and Me, como se descrevesse o momento em que o vi.

— Ei, Amber, onde está o Luke?

— Ele saiu com nossos pais, mas se quiser pode ficar e esperar por ele.

— O que você está fazendo? — perguntou, enquanto entrava na cozinha.

— Preparando algumas tintas para pintar meu quarto.

— Mas seus pais não pintaram a casa mês passado?

— Sim, mas é tudo tão sem graça! Quero fazer alguns desenhos.

— Seus pais vão te matar.

— Por que acha que vou pintar agora que eles estão fora? — perguntei, dando um sorriso. — Vai querer ser meu cúmplice?

— Claro, o que posso fazer?

— Como sei que você é péssimo em tudo que envolve um pincel, apenas me ajude a carregar as tintas.

Ethan deu uma risada e seguimos para meu quarto. Meu coração quase saiu pela boca só por estar sozinha com ele. Já fazia um tempo que vinha nutrindo sentimentos por Ethan. Talvez, para mim, ele não fosse mais só um amigo.

— Certo, agora você pode ser o meu suporte e segurar aqui a tinta vermelha.

— Sim, senhora.

Conforme ele segurava a tinta, ficávamos mais perto. Ele me encarava de forma intensa. Estava tão nervosa que ia acabar estragando o desenho: minhas mãos tremiam, minha respiração falhava, e o silêncio entre nós era constrangedor, mas era possível perceber que ele também estava nervoso.

— Amber? — sussurrou.

Evitei olhar para ele, pois, se fizesse isso, entregaria todos os meus sentimentos. Ele começou a chegar mais perto, e era possível sentir o ar quente da sua respiração; isso me fez paralisar.

— Olhe para mim — pediu.

— Eu não posso olhar para você, Ethan. Se eu fizer isso, não terá mais volta.

— Amber — falou, colocando a mão no meu queixo, fazendo-me virar.

— Ethan, o que está fazendo? — perguntei, quase sem ar.

— Agora, estou te olhando do ângulo que sempre quis e contando cada sarda nesse teu rosto lindo. Sempre que te vejo, é como se meu coração saltasse para fora. Eu não quero mais ficar longe de você, sinto sua falta quando não estamos juntos; falta da sua risada engraçada. Tenho lutado contra esse sentimento, mas não quero mais fingir que não sinto nada.

— Então não fique longe, não fuja.

— Luke vai me matar, mas, Amber, eu preciso de você mais do que nunca. Você é como as pedras de âmbar que sua mãe guarda como talismãs. Você é o meu talismã — falou, passando o polegar pelos meus lábios. Fechei os olhos e soltei um suspiro. Por Deus, eu queria aquilo tanto quanto ele! Percebendo que o sentimento era recíproco, ele se aproximou, colando seus lábios nos meus. Meu corpo todo entrou em combustão; nunca havia beijado ninguém antes, nunca quis beijar ninguém que não fosse o Ethan. Sua boca era macia, e o beijo era delicado e desesperado ao mesmo tempo.

Esquecendo-se de que segurava o pote de tinta, ele abriu as mãos, encaixando-as em meu rosto. Nem mesmo olhamos para a tinta derramada. Ele me tomava para si, enquanto me prensava contra a parede recém-pintada, sem pensar no estrago que estávamos fazendo. Só paramos de nos beijar quando ouvimos o carro dos meus pais parando na garagem. Afastamo-nos num susto, e só então percebemos a bagunça que havíamos feito. Como se nada tivesse acontecido, peguei meu pincel e voltei para a parede, tentando me lembrar de como respirar, enquanto ele tentava pegar a tinta derramada e colocá-la novamente no pote.

— Amber, onde está, querida? — gritou minha mãe, da cozinha.

— Estou aqui, mamãe, no meu quarto. Ethan também está aqui me ajudando.

— Olá, Ethan, como está sua mãe? — perguntou ela, quando chegou à porta.

— Oi, senhora Davies. Ela está bem, trabalhando, como sempre.

— O que estão aprontando? — questionou ela, entrando.

Nós dois ficamos sem reação conforme ela entrava. Era como se ela pudesse descobrir o que fizemos apenas por olhar para nossos rostos. Eu tremia.

— Uau, Amber, está ficando lindo!

— Sério? Não vai brigar comigo?

— O quarto é seu, querida. Se quer pintá-lo, está tudo bem. Só limpem essa bagunça depois. E, Ethan, fique para o jantar — falou, enquanto saía do quarto.

Nós dois nos encaramos, nervosos, sem falar nada, até Luke chegar e nos assustar, chamando Ethan para sair.

— Até mais, Amber.

Meu coração estava quase saindo pela boca.

Depois daquele dia, Ethan e eu começamos a nos encontrar escondidos — aproveitávamos todas as oportunidades. Eu estava perdidamente apaixonada por ele. Conseguimos esconder nossos encontros por um ano inteiro.

Nossos encontros geralmente aconteciam quando eu estava sozinha, ou quando ele dormia na minha casa, o que era bem frequente, já que a mãe dele sempre tinha plantão.

Mesmo estando maior, com dezenove anos, ele se recusava a ficar sozinho em casa, e meus pais também achavam melhor que ele ficasse conosco, o que acabava sendo muito bom, pois, após todos dormirem, Ethan ia para o meu quarto.

Havia um mês que Ethan viajou para visitar o pai em Manchester, do outro lado do país. Estava morrendo de saudades dele. Quando chegou,

Ethan foi direto para a minha casa, mas, como ainda era de tarde e meu irmão estava em casa, quase não nos falamos. Nossa sorte é que a mãe dele iria trabalhar no plantão essa noite, o que significava que ele dormiria em nossa casa. Esperamos todos dormirem para que ele viesse ao meu quarto; a saudade era tanta que não pensávamos em mais nada que não fosse ficar nos braços um do outro.

— Amber, não quero nunca mais ficar longe de você. Foram os dias mais difíceis da minha vida, não via a hora de chegar e poder te tomar nos meus braços. Quero contar ao Luke sobre a gente, não quero mais ter de esconder. Ele é o meu melhor amigo, e eu quero mostrar a todo mundo a mulher que eu amo e poder te beijar quando eu quiser, sem medo.

— Luke vai surtar — falei, rindo.

— Não me importo, vou enfrentar todas as consequências. Vai valer a pena se pudermos ficar juntos. Ficar longe de você é um suplício, tudo perde o sentido. Não há nada que me interesse se você não está por perto.

Ele me beijou de forma intensa, como se desejasse fundir nossos corpos e nunca mais nos separar. Aos poucos, as coisas foram esquentando, e Ethan nunca avançou sem a minha permissão. No entanto, agora eu estava pronta: queria ser completamente dele. Coloquei minhas mãos dentro de sua camisa, tirando-a pela cabeça. Ele apenas me olhou como se questionasse o que eu estava fazendo.

— Faça amor comigo, Ethan.

Ele não falou nada, apenas me beijou com mais vontade. Sem pressa, começou a tirar a minha blusa, beijando minha pele enquanto subia, parando novamente na minha boca. Ethan, então, tirou minha blusa, passando-a pela minha cabeça e fazendo com que seu peito nu encostasse no meu. Sentir o calor da sua pele na minha era surreal. Sem dúvidas, esse é o melhor dia da minha vida. Estou com o cara que amo e que conheço desde sempre. Entreguei-me completamente para ele, nós fizemos amor e isso só me fez amá-lo ainda mais. Ethan foi delicado, carinhoso e paciente, e, quando alcançou o limite do seu prazer, fez do meu corpo seu território, beijando-me por completo. Não demorou muito para que voltássemos a respirar novamente.

— Dizem que a primeira vez de uma mulher nem sempre é agradável ou totalmente prazerosa. Deixe-me te mostrar uma coisa — falou ele, tomando minha boca, conforme suas mãos me tocavam em diversas partes, parando exatamente no meu ponto mais sensível. Enquanto me beijava, seus dedos contornaram aquele ponto úmido. Meu corpo todo formigou com o movimento e, de repente, uma explosão de sensações me tomou por completo. O momento foi tão intenso que precisei tapar a minha boca com a mão, evitando assim que qualquer som saísse.

— Ethan, isso foi incrível.

— Essa é uma pequena amostra de tudo que ainda vamos viver, Amber.

Depois de tudo, em uma fração de segundo, o dia, que estava perfeito, se tornou o meu pior pesadelo: enquanto nos beijávamos, a porta do quarto se abriu, e vimos Luke nos olhando com ódio. Sem pensar, ele avançou com fúria e tirou Ethan de cima de mim, jogando-o no chão, desferindo socos em seu rosto.

— O que acha que está fazendo, Ethan? Confiei em você, e está aqui fodendo a minha irmã?

— Luke, pare, podemos explicar — falei, chorando.

— Explicar o quê, Amber? Que você foi uma vadia que na primeira oportunidade abriu as pernas para o meu melhor amigo? Desde quando isso está acontecendo? — Luke havia largado Ethan, que se levantou, vestindo a roupa. Com a gritaria, meus pais acordaram, assustados.

— O que está havendo? Ethan, você está sangrando! — disse minha mãe.

— O que está acontecendo? O que está acontecendo?! Quer que eu diga o que está acontecendo?!

— CALE A BOCA, LUKE! — gritei.

— Eu posso explicar, senhora Davies — disse Ethan, olhando para ela.

— Como vai explicar à mulher que te acolheu como um filho que você estava fodendo a filha dela?

Minha mãe arregalou os olhos e meu pai gritou:

— FILHO DA PUTA!

— Eu não sou mais uma criança. Daqui a pouco tempo serei maior de idade — falei, tentando fazer com que parassem.

— Ethan, é melhor você ir — falou minha mãe, decepcionada, olhando para mim.

Minha mãe o acompanhou até a porta e eu os segui, ouvindo o que eles falavam:

— Eu a amo, senhora Davies. Nunca a machucaria!

— Eu sei, meu filho. Estão todos de cabeça quente, vá para casa.

Eu não imaginava que depois dessa noite nunca mais o veria. Luke proibiu Ethan de ir até nossa casa. Minha mãe tentou argumentar com meu pai e meu irmão, mas eles estavam irredutíveis e com medo de que uma desgraça acontecesse. Ela achou melhor falar com a senhora Clarke, mãe do Ethan, que achou melhor mandá-lo para a casa do pai, do outro lado do país.

Luke fez da minha vida um inferno, e meu pai tomou meu celular por influência dele. Tiraram até mesmo meu acesso à internet; meu uso era restrito aos estudos, evitando, assim, que falasse com Ethan. Nós conseguimos manter contato por meio da Alisson, mas não durou muito — ele parou de me responder, destruindo-me por dentro.

Dias atuais

Agora, Ethan estava de volta — mais lindo do que nunca — e meu coração voltava a bater como se fosse sair pela boca.

— E o que pretende fazer agora? — perguntou Alisson.

— Eu não sei, nem sei se ele tem alguém, se ainda sente algo. São cinco anos, é muito tempo.

— Só vai saber se perguntar.

— E como vou fazer isso? Não sei nada sobre ele, nem mesmo se ele voltou de vez.

— Deixa comigo, sei como conseguir essas informações.

— O que você vai fazer?

— Fique tranquila, meu pai não vai saber e, mesmo que soubesse, não negaria ajuda — falou ela, levantando-se com um sorriso malicioso no rosto.

— Conheço essa cara. Volte aqui, Alisson.

— Não mesmo — falou ela, correndo até a porta e saindo.

O pai da Alisson é chefe de polícia, e com certeza ela usaria os programas dele para achar algo sobre Ethan.

Depois que ela se foi, joguei-me de novo na cama e coloquei os meus fones ao som de Breathing, Lifehouse, e parei para pensar no quanto estou ferrada. Ainda amava Ethan, mas e se ele já amasse outra pessoa? Fechei meus olhos e deixei-me adormecer novamente — estava cansada, com uma bela ressaca, e no dia seguinte precisava arrumar minhas coisas para voltar à faculdade.

***

Voltar ao dormitório foi bom. Sempre que estava em casa, sentia-me sufocada. Luke é muito controlador. Não que ele não seja quando estamos na faculdade, mas aqui consigo ter um pouco mais de liberdade. Com a influência dos nossos pais e com as doações ao campus, temos o privilégio de ter quartos individuais e perfeitamente equipados. As paredes do dormitório eram brancas, com gravuras que eu mesma pintei;

havia uma grande televisão, um frigobar, uma minicozinha embutida, um closet, uma cama espaçosa e um banheiro privativo.

Entrei, deixando minhas coisas para arrumar mais tarde. Mal havia chegado, e alguém já estava batendo à porta; até me assustei.

— Você não vai acreditar — falou Alisson, entrando. — Ethan é policial, foi transferido para cá há dois meses, sem previsão de retorno, não é casado, e, pelo que meu pai falou, nem mesmo tem uma namorada.

— Isso quer dizer que ele está aqui há dois meses e não me procurou. Claro que ele seguiu a vida dele.

— Não foi bem isso que ele me disse.

— Como assim? O que você fez?

— Nada demais. Acompanhei meu pai até a delegacia, fiz a sonsa e fingi surpresa ao vê-lo. Ele quase não me reconheceu, fiquei até ofendida — riu Alisson — mas depois que me apresentei como a melhor amiga da Amber, vulgo "seu amor da adolescência"... — Ela fez uma pausa. — Você tinha que ver a cara dele quando falei seu nome — terminou de falar com uma risadinha maliciosa.

— Tá, mas isso não muda o fato de que ele não me procurou.

— Amber, você acha mesmo que ele iria aparecer na porta da sua casa com o risco de o Luke partir para cima dele? E, também, nada impede que ele ache que você não tem mais interesse; você também não o procurou.

— Tá, o que mais vocês falaram?

— Vi que ele estava tentando perguntar sobre você, então simplesmente entreguei a ele seu número.

— Você o quê?!

— Ah, Amber, relaxa e para de frescura, que eu sei que você está doida para que ele mande uma mensagem.

Alisson tinha razão — era tudo que eu mais queria. O dia passou devagar. As primeiras aulas se arrastaram, e meus olhos estavam grudados no celular; ele tinha meu número, mas até então não havia me enviado sequer uma mensagem. Estava ficando doida. Minha última aula foi a que passou mais rápido. Desliguei o celular para parar de olhá-lo o tempo todo. As aulas com o professor Sebastian eram as minhas preferidas: além da matéria ser muito boa, o cara é extremamente bonito, alto, de meia-idade, grisalho, com o corpo definido e os olhos marcantes, em tons de verde e caramelo. A história da arte sempre me fascinou, e isso me ajudou a esquecer do celular e ocupar a cabeça.

No fim da aula, recolhi minhas coisas, peguei o celular, apertando o botão de ligar. Parei um segundo próximo à porta para olhar as notificações, mas, antes de conseguir ver qualquer mensagem, alguém tomou meu celular e fechou a porta da sala.

— Ei, devolve aqui — falei, encarando aqueles olhos que me devoravam.

— Como foram as férias? — perguntou Sebastian.

— Foram boas, nada de novo.

— Senti sua falta, não respondeu às minhas mensagens — disse, tirando uma mecha de cabelo do meu rosto.

— Sabe que, quando estou em casa, é praticamente impossível sair sem que Luke saiba aonde eu vou. Como iria explicar a ele que estava indo encontrar meu professor durante as férias?

— Tudo bem, está perdoada. Trouxe um presente de aniversário para você. Deixe para abrir em casa. Senti sua falta, Amber — declarou, puxando-me pela cintura e fazendo com que meu corpo batesse contra o seu, tocando seus lábios nos meus.

Sebastian e eu mantínhamos um relacionamento escondido há mais de um ano — o que era perfeito, pois, com o irmão que tenho, só consigo ter um relacionamento se for muito bem escondido, e o fato de Sebastian ser professor da instituição favorecia o segredo. Por mais que não exista nenhum documento que proíba o relacionamento entre alunos e professores, não seria algo bem-visto pela sociedade; ainda que seja um relacionamento entre dois adultos.

Após o beijo, peguei meu celular e saí da sala com pressa, abrindo as notificações, mas as únicas mensagens disponíveis eram da Alisson perguntando se Ethan havia mandado mensagem, e de Luke, questionando onde estava e se já havia organizado tudo no dormitório. Respondi aos dois sem pressa e fui direto para o meu quarto. Coloquei o presente sobre a cama e entrei no banheiro. Precisava de um banho; saber que Ethan havia voltado estava me matando.

Deixei a água quente escorrer pelos meus cabelos, esperando que levasse junto a minha ansiedade e os pensamentos que vinham junto. Não sei quanto tempo fiquei debaixo do chuveiro. Saí do transe quando ouvi meu celular tocar. Quase instantaneamente, desliguei o chuveiro, enrolando-me na toalha para atender.

— *Já abriu o presente?*

— Ei, Sebastian, ainda não. Precisava de um banho, mas vou abrir agora. — Era notável no tom da minha voz a decepção quando vi que era Sebastian quem me ligava. Não que eu não gostasse dele, mas, agora, estava tudo confuso.

Saí do banheiro ainda com o telefone na orelha, mas, ao abrir a porta, desliguei de imediato a chamada. Ele estava sentado na minha cama, com o presente nas mãos. Sebastian tinha a chave do meu quarto, para facilitar que ele viesse tarde da noite e entrasse sem ser notado no corredor por bater à porta.

— Agora se tornou um presente dois em um?

— Essa era a ideia, espero que goste da surpresa — falou, apontando para uma caixa de pizza na minha mesa.

— Achei que não dava para melhorar, mas, com a pizza, me ganhou completamente. Agora são três em um — falei, sorrindo.

Não tive tempo sequer de abrir o presente. Sebastian se levantou para me alcançar, estendendo as mãos e as encaixando no meu rosto para me beijar de forma intensa. Minhas costas foram prensadas na parede e, com um pequeno movimento, ele fez com que minha toalha caísse, descendo suas mãos de forma suave, acariciando meus braços até alcançar minhas pernas, tirando-me do chão. Enrosquei as pernas em seu quadril e deixei que ele me guiasse, enquanto minhas mãos passeavam por seus ombros largos até alcançar os botões da camisa social, a fim de arrancá-la de uma vez. Eu o encarava, admirada com toda a sua perfeição. Sebastian era o sonho de qualquer uma: bonito, gostoso, inteligente, e que sabe como foder uma mulher. Conforme me beijava, prensava seu corpo no meu. Ficávamos cada vez mais juntos; era possível sentir cada detalhe do seu corpo. Depois de devorar a minha boca, jogou-me sobre a cama e foi descendo, beijando cada pedacinho de pele exposta, passando pelo meu pescoço, parando nos meus seios, mordendo meu mamilo direito para, então, descer mais, passando pela barriga até chegar ao meu ponto mais sensível, levando-me ao êxtase conforme sua língua me explorava, chupando e lambendo meu clitóris. Não consegui me conter e soltei o gemido que estava preso na minha garganta, mas, antes que atingisse o ápice, ele se afastou sem tirar os olhos dos meus. Ele terminou de se despir, alcançando no bolso a camisinha, e, sem demora, colocou-se dentro de mim. Meu corpo explodia com as sensações de cada estocada. Sebastian sabia exatamente como me dar prazer, sendo carinhoso e violento ao mesmo tempo. Quando estava quase atingindo o meu prazer, escutei meu celular vibrando. Estendi a mão e observei o visor; era um número desconhecido. Só Deus sabe como eu queria parar tudo e atender aquela ligação, mas apenas desliguei a tela e o deixei de lado. Não foi difícil voltar minha atenção ao que estava fazendo. Conforme ele massageava entre minhas pernas, estocando cada vez mais forte, não demorou muito até gozarmos juntos, alcançando assim o ápice do nosso prazer. Estar com Sebastian era bom, era suficiente — quer dizer, antes, era suficiente.

3

Quando Sebastian se foi, decidi abrir o presente; era um livro de fantasia chamado *Sombra e Névoa.* Ele sabia o quanto eu gostava de mitologia grega, tirando que a premissa do livro era realmente fascinante: mentiras, traições, amores avassaladores, uma mocinha forte, um triângulo amoroso de dar inveja e muito mistério. Não dá para negar que existe uma conexão entre nós dois — gostamos das mesmas coisas, somos apaixonados pela arte e nosso sexo é para lá de bom. Tudo isso me fez pensar se vale a pena estragar tudo o que temos por uma possibilidade de estar com Ethan. Nós crescemos, somos pessoas diferentes, e não mais dois adolescentes que se beijam escondidos. Era hora de seguir em frente. Peguei meu celular e apaguei a chamada não atendida. Já era bem tarde quando consegui dormir — estava cansada mentalmente. A espera e a incerteza que Ethan trazia à tona me desgastaram.

Mesmo dormindo a noite toda, acordei cansada. Eram seis horas da manhã quando me levantei. Meu dia seria cheio, precisava organizar minhas ideias para dar conta, e só existia uma forma de fazer isso: correr. Tomei meu café, troquei de roupa e coloquei meus tênis. Ouvir música e correr fazem parte da minha terapia há um bom tempo. É a forma que encontrei de organizar meus pensamentos e reduzir a ansiedade, por isso, enquanto corro, em meus fones toca *Near Life Experience*, da Lifehouse. É incrível como as músicas deles representam a minha vida.

Depois que Ethan foi embora, cinco anos atrás, fiquei extremamente triste e preocupada, e desenvolvi um quadro de transtorno de ansiedade generalizada e depressão. A verdade é que Ethan havia se tornado meu refúgio; estar com ele era a única forma de me sentir amada. Desde então, faço acompanhamento com psiquiatra e psicólogo para conseguir lidar com as diversas questões do dia a dia. Conviver com Luke, muitas vezes, só piora o quadro. Ele me pressiona o tempo todo, sendo agressivo e possessivo, e, mesmo sabendo que ele faz tudo isso para me manter bem, isso machuca. Mas não tinha como ser diferente, levando em conta como fomos criados.

Nosso pai sempre foi muito rígido e ausente, sempre preocupado com suas posses e, muitas vezes, nós éramos somente isso para ele: algo que ele possuía para mostrar à sociedade; uma linda e feliz família. Mas a verdade é que já presenciei esse pai exemplar quase espancar o filho e a mulher. Eu só não apanhava porque Luke sempre assumia a culpa de tudo para me proteger. Quando meu pai batia nele, sempre dizia: *"O amor não é capaz de ensinar como a dor ensina. Somente através da dor é que se aprende, só através da dor você conseguirá ser tão brilhante quanto eu. Não seja fraco, Luke. Não me envergonhe."* Lembrar de tudo isso só me machuca mais; talvez, por isso, na maioria das vezes, acabo "passando pano" para as atitudes do meu irmão. Lembrar de tudo que ele passou nas mãos do nosso pai, muitas vezes para me proteger, me faz sentir culpa.

Acabei correndo por uma hora inteira. Enquanto voltava para o dormitório, senti uma sensação estranha, como se alguém me observasse. Corri para dentro do bloco até chegar ao meu quarto, que estava com a porta entreaberta. Ao entrar, vi minhas coisas espalhadas, e ele estava encostado próximo à porta do banheiro, segurando o livro que Sebastian havia me dado. Ao me ver, começou a ler a dedicatória em voz alta.

— *Querida Amber, os meus dias são melhores com você por perto. Senti sua falta todos os dias do verão. Tenho contado os dias para poder me afundar em seu cheiro, deixando minha boca colada na sua. Espero que goste do livro. Feliz aniversário. Com carinho, S.* O que mais tem me escondido, Amber? — falou, arremessando o livro em minha direção. Abaixei por puro reflexo, pois sua mira era boa, e a intenção era acertar em cheio o meu rosto.

— Luke, o que está fazendo no meu quarto? Como conseguiu a chave? Trocar a fechadura não foi o suficiente para você entender que não quero que mexa nas minhas coisas?

— Eu não precisei de chave para entrar.

— Você arrombou minha porta? — questionei, furiosa, olhando para a fechadura quebrada.

— Você tem andado esquisita desde que Ethan voltou. Senti que você estava escondendo alguma coisa. É só eu me afastar que você abre suas pernas para alguém. Já se esqueceu do que aconteceu da última vez que isso aconteceu? — falou, rindo com desgosto.

— Cale sua boca, Luke, e quer saber? Dê o fora daqui! Eu não preciso da sua proteção, ou melhor, da sua obsessão. Estou cansada — disse, aproximando-me. — E nunca mais fale de mim como uma qualquer! — acrescentei, dando de dedo na cara dele.

Sei que é melhor não enfrentar Luke quando ele está assim, nervoso, pois ele acaba perdendo a razão, mas estou cansada de ter que me esconder o tempo todo. Eu tento manter uma boa relação entre nós, mas ele sempre dificulta tudo com esse comportamento.

Depois que falei, ele ficou calado, andando de um lado para o outro, até que se aproximou, fazendo-me dar alguns passos para trás em direção à porta. Estava pronta para correr, mas, quando me virei e comecei a sair, ele me pegou pelos cabelos, puxando-me para dentro do quarto e batendo meu corpo contra a porta com força. Com a mão fechada, segurou-me com mais força e prensou meu rosto na madeira.

— Olhe aqui, Amber, não vou deixar você estragar tudo sendo uma *vadiazinha*. Será que não percebe que já fez estragos demais? Estou cansado de tentar te proteger, de tentar poupar seu sofrimento.

Soltei uma breve risada.

— Eu estraguei tudo? Tudo o quê? Sua amizade com Ethan? Acho que está na hora de aceitar que quem acabou com tudo foi você, agindo como um animal territorialista. Sabe de uma coisa? Eu acho que seus ciúmes nunca foram de mim, mas do Ethan. Quando vai assumir que o amava loucamente? — Ele me olhava como se quisesse me matar enquanto eu falava, mas eu não ia parar. — Porque só isso pode justificar todo esse ódio por mim; é porque ele escolheu a mim e não você? — perguntei, com deboche. Eu estava brincando com fogo.

Luke ficou furioso e, ainda com a mão nos meus cabelos, puxou-me, jogando meu corpo para trás. O puxão foi tão forte que eu caí, batendo meu rosto na mesa. Ele nem sequer olhou para trás quando saiu, batendo a porta. Não me mexi pelos próximos minutos. Tudo doía, minha boca sangrava, então deixei que o choro preso na garganta saísse. Chorei até que não me restassem mais lágrimas. Não sei quanto tempo fiquei ali deitada, mas, pelo que me parece, foram horas.

Alisson notou que não fui à aula e ficou preocupada. Eu nunca faltava, a não ser quando algo muito grave acontecia, e mesmo assim, sempre a avisava. Quando ela chegou eu ainda estava no chão.

— Amber?! O que aconteceu? — perguntou, agachando-se para me olhar.

Não consegui responder, e as lágrimas voltaram a descer.

— Preciso saber o que aconteceu. Sua porta está quebrada. Entraram aqui? — perguntou, com o celular já na orelha.

Tentei falar, mas estava tudo entalado na minha garganta. Por mais que odiasse Luke, não queria que ele se encrencasse; eu o havia provocado, então, apenas balancei a cabeça, afirmando. Era melhor que acreditassem que foi um assalto ou algo do tipo.

— Pai? Entraram no quarto da Amber, a porta foi arrombada e ela foi agredida. Preciso de ajuda.

Sem falar mais nada, ela desligou e sentou-se ao meu lado.

— Vai ficar tudo bem, meu pai vai pegar o desgraçado que fez isso. Não se mexa. É melhor esperar ajuda, pode ter quebrado alguma coisa.

Eu sabia que não tinha quebrado nada — talvez um dente. Sabia que a dor que sentia não era física; era uma dor na alma. Não era a primeira vez que Luke agia assim. Sua obsessão por me proteger e tudo que meu pai fez com ele tornavam-no esse Luke. Ele jamais me faria mal por prazer; sempre era como se ele virasse outra pessoa. Além disso, era culpa minha. Eu sabia que, sempre que o provocava, ele perdia a razão. Ele foi criado acreditando que a mulher sempre será inferior ao homem. O fato de levantar a voz para ele era algo errado; eu já devia ter aprendido a me calar quando ele fala e esperar as coisas se acalmarem.

Quando os policiais chegaram, trouxeram junto uma ambulância. Enquanto os paramédicos me examinavam, nem mesmo conseguia prestar atenção em quem estava no meu quarto. Colocaram-me em uma maca e começaram a abrir espaço para me carregar. Foi aí que percebi quem era o policial que acompanhava o chefe de polícia. Os olhos de Ethan se arregalaram quando ele me viu, e ele me olhava de cima a baixo, procurando por algum ferimento, ou para saber se eu estava inteira. Ele não falou nada; assim como me faltavam palavras, faltavam as dele. Depois disso, fechei meus olhos e me recusei a ver qualquer pessoa no caminho. O corredor estava cheio de curiosos que tentavam entender o que havia acontecido. Dentro da ambulância, permiti-me respirar novamente e abrir meus olhos cheios de dor.

4

Alisson havia ficado para orientar os policiais, mas não demorou muito para que chegasse ao hospital junto com o pai e Ethan. Quem entrou em meu quarto primeiro foi seu pai.

— Amber, como está, querida?

— Ei, George, estou bem agora. Não quebrei nada — disse, dando uma risadinha sem graça.

— Que bom, minha filha. Vamos pegar quem fez isso. Já colhemos as digitais na porta e vamos mandar para a análise. Pedimos as imagens das câmeras também. O oficial Clarke virá colher seu depoimento e seus pais já estão a caminho — falou ele, dando-me um beijo na testa. Meu peito apertou quando ouvi que Ethan entraria em seguida. Fechei meus olhos e respirei fundo, tentando me acalmar.

— Amber, se me permitir, tomarei seu depoimento — disse Ethan, entrando no quarto enquanto George saía.

— Tudo bem — concordei, sem jeito, esperando que ele fechasse a porta.

Com dificuldade, sentei na cama, enquanto ele se sentava na cadeira ao lado. Aproximei-me o máximo que pude.

— Ethan, escute, precisa encerrar essa investigação. Eu não quero abrir o boletim de ocorrência. Deixe como está.

— Amber, o que está falando? Alguém te agrediu. Você conhece quem fez isso, é por isso que está com medo?

— Por favor, Ethan — falei quase que em um sussurro.

— Amber, tem noção do que está me pedindo? Se não fizermos nada, isso vai acontecer de novo e só vai parar quando estiver morta.

— Por fav… — tentei falar, mas o choro não me deixou terminar.

— Olhe para mim. Quem fez isso? — perguntou ele, pegando meu rosto com as duas mãos.

Eu não respondi. De repente a porta do quarto se abriu e meus pais entraram. Meu irmão entrou logo atrás. Instantaneamente, Ethan se afastou de mim, olhando para meus pais e ignorando completamente Luke.

— Senhor e senhora Davies, preciso esclarecer algumas coisas e tirar algumas dúvidas. Se puderem me acompanhar — disse ele, abrindo a porta e fazendo um gesto para que saíssem, mas, antes de fechá-la, deu uma última olhada para mim e Luke. Não sei se ele percebeu, mas eu tremia.

— Amber, me desculpe, eu perdi a cabeça, sou um monstro! Como pude fazer isso? Desculpe! — Luke começou a falar em meio aos soluços. Ele sofria, assim como eu. Ele odiava se comparar ao nosso pai.

— Está tudo bem, Luke. Eu também devia ter ficado calada.

Ele ainda chorava quando o puxei para um abraço e, pelo vidro da porta do quarto, percebi Ethan nos observando. Encarei-o de volta, sussurrando:

— *Por favor!*

Ethan ficou tenso imediatamente. Eram visíveis as veias saltadas em seu pescoço. Pouco tempo depois, meus pais entraram no quarto, preocupados. Não contei a eles que não daria queixa, não teria como me justificar. Eles ficaram no quarto durante todo o horário de visitas; quando foram, já era tarde, e os medicamentos me fizeram apagar. Acordei de manhã com a voz estridente de Alisson dando ordens aos enfermeiros.

— Ei, dá para parar de importunar os pobres dos enfermeiros?

— Ah, você acordou! Toma aqui seu celular, que não para de tocar. Agora, me fala como você está se sentindo.

— Estou bem melhor, não quebrei nada. Vai levar só uns dias para sumir o hematoma do rosto.

— Que bom, amiga! Agora me diga: o que aconteceu com o Ethan? Ele saiu daqui ontem soltando fogo.

— Até me esqueci que você estava aqui ontem. Minha cabeça está uma bagunça.

— Claro que estava, só não entrei porque quis deixar seus pais à vontade. Luke estava abaladíssimo.

— É, mexeu com todo mundo um pouco.

— Falando em todo mundo, tem um certo professor desesperado para falar com você. Acho melhor respondê-lo antes que ele apareça aqui com um buquê de rosas.

— Sebastian, sempre tão emotivo... — falei, rindo.

Peguei meu celular e vi que Sebastian havia me enviado umas cinquenta mensagens. Abri a caixa de texto e respondi de forma rápida:

Está tudo bem, foi só um susto. Desculpe-me pela demora em responder, estava sem meu celular. Conto tudo melhor quando sair do hospital. Não se preocupe comigo. Beijo.

— Eu trouxe roupa limpa pra você — disse ela, apontando para uma sacola que estava em cima da cadeira.

— Obrigada, estou mesmo precisando.

— Agora, voltando ao Ethan, o que rolou? — perguntou ela, ansiosa.

— O que você acha que pode ter rolado? Não aconteceu nada, ele devia estar nervoso com outra coisa.

— Aham, tá bom, vou fingir que acredito. Bom, vou indo para não me atrasar para a aula.

— Já sabe, anote tudo para mim — falei, dando risada.

Alisson apenas deu uma piscadinha quando abriu a porta e saiu.

Passei horas nas redes sociais, respondendo às diversas mensagens que recebi. A notícia havia se espalhado rápido, e a faculdade investiu em mais seguranças e novas fechaduras para os dormitórios, tudo por causa do "assalto" que sofri. Por sorte, não há câmeras de segurança nos corredores do dormitório. No fim da tarde, enquanto tentava comer, meu celular tocou.

— EM QUE PORRA VOCÊ ESTAVA PENSANDO QUANDO PEDIU AO ETHAN PARA NÃO ABRIR O BO?!

— Alisson, pare de gritar.

— Fala sério, Amber! Como você não vai denunciar a agressão? Agora entendo o motivo de ele estar puto quando saiu daqui ontem.

— É complicado, mas preciso que confie em mim; sei o que estou fazendo.

— Não, você não sabe. Deve ter perdido todo o juízo quando bateu a cabeça.

— Você foi falar com Ethan?

— Vim até a delegacia para pegar uma carona com meu pai e, quando vi Ethan, ele perguntou como você estava e disse que estava preocupado com você, pois estava acobertando quem fez isso e que as coisas só irão piorar. Você precisa denunciar, seja quem for.

— Por favor, Alisson, deixe isso pra lá. Já passou, não vai acontecer de novo.

— Então é verdade? Está protegendo quem fez isso? Falei com meu pai e, como sou a pessoa que chegou e encontrou você, tenho direito a abrir o BO. É exatamente o que vou fazer.

— Foi o Luke — falei, quase que num sussurro.

Alisson ficou muda por alguns segundos.

— Luke? Seu Luke? Seu irmão?

— Entende agora por que não quero abrir o BO? Isso vai destruir a vida dele.

— Não, eu não entendo. Independentemente de quem ele é, precisa pagar pelo que fez. O que vai ser da próxima vez? Ele vai te jogar pela janela? Empurrar na escada? Você precisa denunciar e pedir uma medida restritiva.

— Alisson, ele é meu irmão, e a culpa foi minha. Você sabe como ele é, eu o provoquei e ele perdeu a cabeça. Você viu como ele estava arrependido ontem. Ficou mal por isso. Ele vai mudar.

— Não, não foi sua culpa, nada justifica uma agressão, NADA! Mas é melhor que esteja certa, pois se ele te machucar mais uma vez, eu mesma vou denunciá-lo.

— Obrigada! — respirei, aliviada. — Está tudo bem. Eu te amo.

— Eu também te amo. Beijo.

Alisson não gostava de Luke desde que o conheceu. Viviam sempre discutindo; agora, ela o odiava; mas ela não seria um problema. Contudo, Ethan não ia descansar até descobrir quem eu estava protegendo. Enquanto divagava com meus pensamentos, a porta se abriu.

— Senhorita Davies, acabamos de preencher sua alta, está liberada para voltar pra casa. Continue com os medicamentos por, pelo menos, mais dez dias. De acordo com sua ficha, precisa estar em contato com o médico, caso sinta certa dependência pelos medicamentos.

Não respondi, apenas confirmei com a cabeça e observei a enfermeira sair. Odiava quando me tratavam como uma viciada. Precisava fazer uma ligação antes de ir.

— Delegacia de polícia, qual a emergência?

— Olá, me chamo Amber, preciso falar com o oficial Clarke, Ethan Clarke.

— Só um momento — respondeu a atendente.

— Amber?

— Ethan, precisamos conversar. Pode vir até o hospital?

Ele levou poucos minutos para aparecer na frente do hospital. Ficou surpreso ao me ver do lado de fora.

— Recebeu alta? — perguntou, com as sobrancelhas levantadas.

— Sim, não quebrei nada. Estou medicada, quase sem dor alguma.

— Entre, vou te levar. Se tivesse me avisado antes, não teria vindo de viatura.

— Está tudo bem — disse, entrando na viatura.

Nos primeiros minutos, o silêncio foi constrangedor, mas, quando percebi que estava tomando outro caminho, perguntei:

— Para onde está me levando?

— Você quer conversar, e tenho certeza de que seria bem melhor longe do seu irmão.

Eu assenti com a cabeça.

— Desde quando está na cidade? — perguntei.

— Retornei há mais ou menos três meses.

— Por que não me procurou?

— Eu te procurei. Perdi as contas de quantas noites passei observando a porta da sua casa na esperança de ela se abrir e ser você a sair, mas, sempre que te via saindo feliz, não me achava no direito de falar com você.

— Acho que isso sou eu quem tem que dizer. Não pode escolher por mim, não pode. Você sumiu, parou de me responder. Tem ideia de como isso me machucou? — questionei, sem segurar as lágrimas.

— Amber, era complicado. Seu irmão e seus pais nunca aceitariam. Não achava justo te prender a mim sem a possibilidade de ficarmos juntos — falou ele, estacionando o carro em uma rua deserta não muito distante do hospital.

— Você não tinha esse direito. Acha que foi justo o que fez? Acha que foi justo? Você estraçalhou meu coração, Ethan.

— Amber — sussurrou, pegando minhas mãos. Seus olhos pararam nas cicatrizes nos meus pulsos.

Quatro anos atrás

Fazia um mês desde a última vez que falei com Ethan. Ele simplesmente parou de me responder. Se ele recebia as minhas mensagens, eu não sei. Prefiro acreditar que elas simplesmente não chegaram até ele, mesmo sabendo que esse não era o caso. A verdade é que Ethan Clarke seguiu sua vida, e esta será minha última mensagem antes de bloquear e apagar seu número.

Seja como for, meu coração sempre será seu, Ethan Clarke!

Cada um dos pedacinhos do meu coração partido te pertence.

— Apague o número dele, bloqueie, faça ele sumir — falei, entregando o celular à Alisson.

— Farei melhor — disse ela, tirando o chip e o partindo ao meio. — Adeus, Ethan Clarke.

— Adeus, Ethan Clarke — repeti. Esse foi o meu adeus mais dolorido e a maior mentira que já contei ao meu coração. Não importava quantas vezes eu me despedisse, Ethan estava impregnado nas minhas entranhas. Não importava quão fundo eu fosse, era impossível tirá-lo de mim.

As quatro semanas seguintes à mensagem foram um caos.

— O QUE PENSA QUE ESTÁ FAZENDO, AMBER?! — gritou Alisson.

— Estou vivendo, estou sendo livre. Pare de ser chata, Alisson!

— Que assim seja, Amber. Se é o que quer, saiba que não estarei aqui para ver você se destruir dessa forma. No começo, achei que era só uma fase, mas você já foi longe demais. Drogas, Amber? Drogas?

— Deixa de ser careta. São apenas alguns comprimidos. As pessoas tomam isso, sabia?

— As pessoas usam porque precisam, porque fazem um tratamento, e não para ficarem chapadas e doidonas em uma festa. Quando vai se tocar que nada disso vai suprir a falta que ele faz?

— NEM TUDO É SOBRE ELE, ALISSON! — gritei, arremessando o copo que estava na minha mão contra a parede atrás dela. Alisson não falou nada, apenas me olhou com os olhos arregalados, levantou-se e saiu do quarto.

A verdade é que tudo que eu queria era parar de sentir, parar de me importar. Sendo assim, fiz dos comprimidos os meus melhores amigos, mas nada era suficiente, e, para piorar, Luke tinha se tornado meu carrasco — sempre no meu pé. Perdi as contas de quantas vezes ele me arrastou para fora de uma festa. Tornei-me o pior pesadelo dos meus pais, e o único motivo que impedia meu pai de me sentar o cacete eram as ameaças feitas por meus novos amigos. Colocaram até um cadeado na minha janela para evitar que eu saísse escondida; o que eles não sabiam era que eu havia trocado o cadeado um dia depois, com a ajuda dos amigos que eles odiavam e que me buscavam quase todas as noites.

Essa era minha nova realidade: eu não me encaixava mais no mundinho perfeito dos meus pais e, com as merdas que andava fazendo, todos os meus amigos antigos se afastaram. Alisson tentou ficar, mas eu a afastei. Eu não era mais a mesma pessoa, vivia em festas. Não importava o tipo da festa, sempre ficava bêbada ou chapada, e, na maioria das vezes, os dois; a verdade é que meus novos amigos viviam chapados e eu adorava isso, pois ninguém ficava fazendo perguntas sobre a minha vida.

A única saída que meus pais viram para me barrar foi cancelar e bloquear todos os meus cartões e contas bancárias. Eles pensavam que, sem dinheiro, eu não teria como comprar os comprimidos.

— Até quando vocês vão manter minhas contas bloqueadas?

— Até você parar com essa palhaçada de usar drogas. Pelo menos, sem dinheiro, não tem como conseguir mais drogas.

— O que te leva a pensar isso? Existem outras formas de ganhar dinheiro ou drogas. Garanto que você não vai gostar de nenhuma delas — falei, de forma debochada, enfrentando meu pai, mas dessa vez ele não deixou por isso e espalmou sua mão em meu rosto. O tapa foi tão forte que rasgou meu lábio.

Comecei a dar risada enquanto o sangue escorria,

— É só isso que você tem para dar, papaizinho? É sempre assim: quando não consegue o que quer, precisa provar sua masculinidade por meio da força.

— CALE A BOCA, AMBER! — gritou ele.

— Eu quero ver você manter essa pose de machão quando eu mandar arrancarem até o último centavo da sua conta, e torça para que eu não use a sua filosofia de vida: "tudo se consegue através da dor". Nunca mais toque um dedo em mim se não quiser perder essa mão — falei, cuspindo o sangue nele. Nem eu mesma sei como tive coragem de enfrentá-lo assim. Talvez, fosse resultado dos diversos comprimidos que ingeri.

Eu não precisava de dinheiro para comprar as drogas que tomava. Logo após eles cortarem meu dinheiro, comecei a namorar um cara chamado Noah, vulgo "meu traficante". Volta e meia deixava ele me foder e, quando ele quis algo mais sério, eu topei, pois ele era o pacote completo: sexo bom e comprimidos milagrosos gratuitos. Havia escolhido ele por diversos motivos, mas o principal era que, com ele, sentia-me segura. Nada nem ninguém podia me atingir; nem mesmo minha família. Na última vez que Luke tentou me arrastar de uma festa, Noah sacou a arma e disse que ele não me levaria a lugar nenhum se essa não fosse a minha vontade.

Por falar em arma, eu amava a sensação de tê-la apontada para a minha cabeça; era como um fetiche enquanto Noah me fodia. Gostava que ele colocasse a arma na minha nuca. Deus, eu rezava para que ele apertasse o gatilho sem querer. Quando descobri que ele deixava uma arma sem munição para que não acontecesse uma desgraça, fiquei muito puta e terminei com ele. Não só por isso, mas porque ele estava regulando meus comprimidos e proibiu qualquer um da área de fornecê-los a mim. Ele dizia que eu não precisava deles, mas eu os queria e, como um tsunami, destruía tudo e todos por onde passava.

Noah era um cara legal que havia se metido em um mundo sem volta. Não merecia mais uma desgraça em suas mãos, pois a verdade é que eu desejava fortemente que uma das suas balas atravessasse a minha cabeça, mas ele nunca me daria isso, e não seria eu a apertar o gatilho.

Com o uso dos comprimidos, perdi um pouco a noção de tempo. Alguns dias pareciam durar semanas, e algumas semanas pareciam durar horas. Muitas coisas ficaram confusas e nem mesmo sei dizer quanto tempo meu relacionamento com Noah durou; não sei se foram dias, semanas ou meses. A única coisa que sei é que, assim que terminei com ele, afundei-me na minha dor.

Se antes o problema dos meus pais era me prender em casa, agora era me tirar dela; eu dormia a maior parte do tempo. Alisson estava certa: eu estava me afundando na minha amargura. Meus pais buscaram os melhores tratamentos, mas não aceitei. Sabia que não era uma dependente, pois não sentia necessidade de tomar os remédios, meu corpo não precisava deles. Meu uso ainda era consciente, sabia o quanto precisava e não passava disso. Quando falo dessa forma, não quero romantizar o abuso de substâncias — sei como estava errada, sei que não é a solução. Eu só não queria sentir nada, e esse era o jeito mais fácil, pois, sem os remédios, eu era como um tsunami de emoções transbordando; era demais para mim.

Mesmo sabendo que essa não era a solução, eu me dopava e me machucava cada vez mais, mas, sabe de uma coisa? Uma hora você se dá conta de que não há nada que tire a sua dor. Alguns optam por usar mais, outros procuram ajuda, e eu entrei no banheiro, encontrei uma lâmina escondida e machuquei meus pulsos. Os cortes foram fundos, mas não fundos o suficiente para me tirar a vida, e, para meu azar ou sorte, meus pais me encontraram rápido. Eles me salvaram, e só então percebi que morrer não era a solução, não acabaria com meus problemas, pois quem nos garante que após a morte tudo acaba? Não sou religiosa ou qualquer coisa do tipo, mas é um fato, independentemente da nossa crença, de que não temos como ter certeza de que tudo de fato acaba. Ninguém pode garantir que é o fim, pois pode na verdade ser apenas o começo de um novo sofrimento.

Entendo que, quando estamos deprimidos demais, acreditamos que não existe nada e nem ninguém capaz de nos tirar do fundo do poço, mas a verdade é que podemos sair desse lugar escuro. É um processo lento, mas não é impossível — é preciso paciência e persistência, e o primeiro passo é aceitar que precisamos de ajuda. A ajuda pode vir de vários lugares, mas é fundamental ter profissionais qualificados ao seu lado, um psiquiatra e um psicólogo. Liz foi fundamental para mim nesse processo; tenho muita sorte de tê-la como psicóloga.

Dias atuais

— Não se preocupe, eu não uso mais comprimidos; somente o necessário, prescritos pela minha psiquiatra, e nunca, nesses últimos quatro anos, deixei de fazer minha terapia. Hoje eu sei e me permito sentir. A parte mais difícil de tudo isso foi aceitar que precisava de ajuda.

Ethan segurou meus pulsos de forma delicada. Suas mãos estavam trêmulas e seus olhos brilhavam com as lágrimas não derramadas. No rádio do carro tocava November Rain, da banda Guns N' Roses.

— Amber, eu sinto muito. Só Deus sabe como gostaria de colar cada um dos pedacinhos do seu coração, mas não posso fazer isso, pois o meu também está quebrado. Quando fui embora, grande parte dele ficou para trás, mas saiba que ele sempre foi e sempre será seu. Não importa em quantos pedacinhos tenha se partido, ele sempre irá te pertencer — falou, beijando as cicatrizes dos meus pulsos.

Fechei meus olhos e me deixei sentir seus lábios na minha pele, pois, quando os abrisse, seria a última vez que veria Ethan.

Depois da reabilitação, tentei me manter longe de tudo e de todos que pudessem me arrastar para baixo outra vez; isso quer dizer que vivo buscando relações mais frias e mais distantes, assim não corro o risco de me magoar ou de me apaixonar outra vez. Ver Ethan é muito bom, faz meu coração bater acelerado, mas, ao mesmo tempo, me dá muito medo — medo de me magoar, medo de voltar a ser a Amber de quatro anos atrás.

— Por que não lutou por nós dois? — perguntei, ainda de olhos fechados.

— Jamais pense que não lutei por você. Antes de ir embora tentei de diversas formas conversar com Luke e com seus pais, mas eles estavam irredutíveis. Nem mesmo minha mãe conseguiu convencê-los.

Cinco anos atrás

Ethan

Meu coração batia rápido demais. Ele poderia sair pela minha boca a qualquer momento. Enquanto não falasse com Luke, não conseguiria descansar, mas sabia que não adiantava tentar uma conversa de cabeça quente. Esperei o dia amanhecer e entrei no quarto de Luke pela janela. Ele dormia quando o chamei. Com o susto, levantou-se da cama.

— O que faz aqui, Ethan?

— Luke, deixe-me explicar.

— Não tem o que explicar. Eu vi com meus próprios olhos.

— Nós íamos te contar; ontem mesmo conversamos sobre isso. Luke, eu amo sua irmã como nunca amei ninguém. Como seu melhor amigo, sabe que jamais a machucaria.

— Vá embora, Ethan, e nunca mais apareça aqui.

— Luke, por favor, não posso perdê-la.

— E quanto à nossa amizade? Não era valiosa o suficiente? Você nem pensou em tudo que faria com nossa amizade? Vocês esconderam, me traíram, fizeram tudo pelas minhas costas.

— Você precisa entender: não falamos nada exatamente para não estragar nossa amizade. Estávamos esperando ter certeza de que era isso que queríamos.

— Já chega, Ethan. Saia daqui.

Os dias seguintes não foram muito diferentes. Tentei convencer Luke, mas ele não quis me escutar, nem mesmo escutou a minha mãe. Ele havia feito questão de espalhar diversas mentiras pela vizinhança e, em pouco tempo, eu era a pessoa mais indesejada daquele lugar. Minha mãe, então, me mandou para morar com meu pai até as coisas se acalmarem, e, mesmo distante, eu tentei contato.

Dias atuais

— Quando me afastei, achei que seria o melhor a fazer: deixá-la livre para conhecer outras pessoas, se apaixonar e seguir a vida só com a lembrança do que o nosso amor significou. — Fechei meus olhos, ouvindo-o falar. — Eu sofria a cada dia sem saber como você estava, sem ouvir sua voz.

Não respondi, não conseguia falar, me faltava o ar. Havia prometido para mim mesma que não deixaria que a volta de Ethan estragasse todo o resto. Ouvi meu celular tocar, mas me recusei a abrir os olhos.

— Quem é Sebastian? — perguntou, de forma suave.

Finalmente abri meus olhos para dar uma última olhada no rosto do homem que tinha meu coração.

— É a pessoa que está disposta a colar os meus pedaços — respondi, colocando a mão na maçaneta para abrir a porta.

— Amber? — falou, aproximando-se do meu ouvido, próximo o suficiente para sentir seu hálito quente na minha pele, e no mesmo momento colocou sua mão sobre a minha, evitando que abrisse a porta.

— Ethan…

— Olhe para mim — pediu, levando a mão ao meu queixo e virando meu rosto para que o encarasse. — Estar longe de você, Amber, é o mesmo que estar me afogando. Falta-me o ar, meu peito dói.

— Então, não fique. — Minha voz saiu como um sussurro, uma súplica.

Ethan pegou o celular que ainda tocava em minha mão e colocou-o no banco. Em seguida, levou as duas mãos ao meu rosto, segurando-o com delicadeza, levando seus lábios ao encontro dos meus. O beijo era como um clamor, como se reivindicasse aquilo que era seu. Não demorou muito para que me puxasse para mais perto, colocando-me sobre seu colo. O espaço era pequeno, mas acho que era isso que queríamos: tirar todo o espaço que restava entre nós dois. Suas mãos tomavam minhas coxas por baixo do vestido; nossas bocas só se separavam para recuperar o ar que faltava.

— Amber, você não sabe quantas vezes eu sonhei com este momento.

Eu apenas suspirei enquanto ele sussurrava com a boca colada no meu pescoço. Minhas mãos caminhavam por todo o seu corpo até seu quadril. Sentir quanto ele me desejava me deixava sem ar. Quando desabotoei sua calça, ele teve apenas o tempo de colocar o preservativo que pegou de dentro da carteira. Eu precisava senti-lo, eu o queria dentro de mim. Conforme descia meu quadril, encaixando-me no dele, nós dois suspiramos quase que em um gemido de dor. O desejo de estar com ele era tanto que chegava a doer. A única coisa que saía da minha boca era o ar sufocado, suplicando por mais dele. Ethan afastou as alças do meu vestido, beijando cada pedaço do meu ombro, descendo para o meu busto, mordiscando a auréola do meu seio. Não restavam dúvidas: meu corpo, meu coração e minha alma eram dele, sempre seriam dele.

Fizemos amor como se nossas vidas dependessem disso; cada movimento, cada palavra sufocada, cada respiração cortada mostrava o quanto precisávamos disso. Não demorou muito para que chegássemos ao ápice do nosso prazer. Ele não me soltou e, mesmo após terminar, continuei sobre suas pernas.

— Eu não vou te deixar nunca mais — sussurrou de forma ofegante, enquanto seu nariz passeava entre meus cabelos e sua mão repousava firmemente na minha nuca. — Ainda usa o mesmo xampu de âmbar. Você não sabe quantas vezes me peguei cheirando os frascos no mercado, tentando encontrar o seu cheiro, mas nenhum chegava perto. Faz parte da sua essência — disse, olhando nos meus olhos e levando seus lábios aos meus. Quando finalmente nos soltamos, voltei ao meu banco, alcançando meu celular.

— PUTA QUE PARIU! — Soltei o celular no meu colo, colocando as mãos sobre minha boca enquanto olhava para Ethan, sem acreditar. Ele me encarou como se questionasse o que havia visto. Apenas peguei o celular e virei a tela para ele, que arregalou os olhos sem acreditar. Quando colocou o celular no banco, nossos movimentos provavelmente fizeram com que a chamada fosse atendida, e Sebastian mantinha-se firme do outro lado da linha — ele escutou tudo. Desliguei a chamada ainda sem acreditar.

5

O caminho de volta até o campus foi tranquilo. Ambos não sabíamos o que falar. Era um misto de emoções, como se eu voltasse a ter quinze anos. O silêncio foi constante, como se não fossem necessárias as palavras. Ethan manteve sua mão na minha, entrelaçando nossos dedos.

— Quer subir um pouco? — perguntei quando ele estacionou o carro.

— Preciso devolver a viatura, e você tem alguns assuntos para resolver. Acha que vai ficar bem se voltar sozinha para o quarto?

— Sim, está tudo bem. Meus pais instalaram novas fechaduras, duvido que alguém consiga arrancar aquela porta de lá.

— Amber, pense sobre a denúncia. Você sabe que é o melhor a fazer.

— Por favor, Ethan, não estrague o momento, confie em mim. Estou bem e segura, não vai acontecer novamente — falei, tocando meus lábios nos dele e abrindo a porta para sair. Ele me encarou e não disse mais nada.

Ethan ficou observando até me ver entrar no prédio dos dormitórios. Subi as escadas devagar e caminhei pelo corredor sem graça, cheio de portas, até chegar à minha. Meus pais haviam instalado três fechaduras novas, além de colocar uma porta reforçada. Também pressionaram o reitor para proporcionar mais segurança ao campus. Quando entrei, estava tudo diferente, limpo e organizado, e sobre a mesa havia um bilhete:

Quis deixar tudo diferente para que não precisasse lidar com toda a merda daquele dia. Me desculpe. Com amor, Luke.

O tapete manchado com meu sangue já não fazia parte da decoração, e na parede havia uma televisão maior que a anterior. Era visível que, para a minha família, o dinheiro era uma expressão de amor — tudo se resolvia com uma boa quantia de dinheiro ou uma nova decoração. Depois que eles me visitaram no hospital, não tocaram no assunto novamente. Estavam "cheios de dedos", evitando tudo que tivesse relação com o "acidente". Nem mesmo me questionaram sobre o BO. Sinto que, no fundo, minha mãe sabe quem realmente me machucou, mas está tão acostumada com tudo isso que não consegue ver como é errado; ou talvez, assim como eu, esteja com pena do Luke.

A verdade é que meus pais nunca foram o casal perfeito que mostram à sociedade. Perdi as contas de quantas vezes ouvi os gritos dos dois e vi os machucados na minha mãe. Era sempre a mesma coisa: "caí da escada", "escorreguei no banheiro", entre outras desculpas que, muitas vezes, ela inventava até ela mesma acreditar. Eu não queria ser como a minha mãe, mas, ao mesmo tempo, não conseguia culpar o Luke. Talvez agora consiga entendê-la.

Não era tão tarde quando me deitei. Estava cansada, e os medicamentos me faziam dormir com facilidade. Tudo o que eu queria era uma boa e longa noite de sono; resolveria as coisas com Sebastian, Ethan e Luke depois.

Acordei antes mesmo de o despertador tocar. Queria correr, mas estava tão nervosa com a situação que achei melhor não sair. Preparei então um banho quente, e me deixei relaxar na banheira por meia hora. Só então me troquei e tomei meu café; queria chegar antes de todos para falar com Sebastian; eu sabia que ele sempre chegava uma hora antes do início das aulas. Caminhei rápido até a sala e encontrei-o sentado em sua cadeira, encarando alguns papéis. Só notou a minha presença quando bati a porta atrás de mim.

— Senhorita Davies.

— É sério? Senhorita Davies?

— Como deveria te chamar? É assim que chamo todas as alunas.

— Eu não sou qualquer aluna, e você está sendo infantil para um homem da sua idade.

— Acontece, Amber, que não sei como agir com você. Não depois de ouvi-la nos braços de outro.

— O que você ouviu exatamente?

— Tudo, absolutamente tudo: cada suspiro, cada respiração cortada e as juras de amor.

— Não era para as coisas serem assim. Eu pretendia conversar com você antes, mas simplesmente aconteceu.

— Ah, obrigado por isso. Sinto-me bem melhor em saber que não foi algo planejado, e que, na verdade, seu plano era me chutar primeiro — ironizou.

— É complicado.

— Quem é ele? — perguntou, enquanto se levantava e caminhava até mim. Seu rosto não era amigável, o que me fez dar alguns passos para trás.

— Sebastian, está me assustando — falei, dando mais um passo para trás, até minhas costas baterem contra a parede. Sebastian tinha uma séria dificuldade para resolver problemas. Às vezes ele perde um pouco a linha, mas sempre consegue perceber como agiu errado quando esfria a cabeça. Isso já me deixou insegura, mas estou tão acostumada a lidar com Luke e com meu pai, que aprendi a lidar com Sebastian também.

Ele se aproximou até que não faltasse espaço entre nossos corpos, encostou sua testa na minha e respirou fundo, levando uma das mãos até minha bochecha com uma carícia suave.

— Quem, Amber? Eu preciso saber — falou, descendo a mão até meu pescoço, como para me sufocar, mas sua mão continuava frouxa.

— Ethan, era o Ethan.

— Desde quando?

— Encontrei-me com ele pela primeira vez antes do retorno às aulas, mas foi só uma carona, nem mesmo sabia que ele havia voltado. Depois, ele foi o policial que atendeu meu caso, e ontem foi a primeira vez que ficamos juntos depois de anos.

— Você ainda o ama?

— Não faça perguntas que você sabe a resposta.

— Quero ouvir da sua boca: você ainda o ama?

— Sim.

— E quando planejava me falar que ele havia voltado?

— Eu não planejava ficar com ele, nem mesmo te contar sobre ele. Queria dar uma chance para nós dois, Sebastian. Não queria estragar tudo com o retorno do Ethan, nem mesmo existia a hipótese de ter que escolher entre vocês dois, pelo menos não até ontem.

— Mas agora você precisa escolher.

— Estou confusa. Por favor, Sebastian. Não me faça escolher agora, pois sabe que será ele.

— Tudo bem, tome o tempo que precisar. Agora, vá se sentar — falou ele, com certa amargura no tom de voz.

A aula seguiu normalmente. Sebastian me fitava, e seu olhar transparecia dor e mágoa. Eu não queria que as coisas acontecessem assim, queria falar com ele antes de acontecer qualquer coisa; nunca escondi de

Sebastian como me sentia em relação ao Ethan. No fim da aula, ele nem mesmo me olhou; sendo assim, saí da sala, acompanhando Alisson.

— Você está saindo comigo da aula do Sebastian? Desde quando nega uns amassos no intervalo?

Meu estômago estava embrulhado, e nem mesmo consegui responder antes de colocar tudo para fora na lixeira mais próxima.

— Amber? O que está rolando?

— Preciso me deitar — falei, indo em direção aos apartamentos.

— Não vou te deixar sozinha, vou com você.

Quando chegamos ao meu quarto, a primeira coisa que fiz foi correr para o banheiro para colocar o que faltava para fora. Alisson, sem entender nada, apenas segurou meu cabelo. A verdade é que eu estou aterrorizada com a volta de Ethan.

— Transei com Ethan enquanto Sebastian escutava tudo.

— O quê?!

Levantei-me do chão, lavei meu rosto e segui para o quarto. Joguei-me na cama e Alisson fez o mesmo, e então contei tudo para ela, cada detalhe.

— PUTA QUE PARIU, AMBER! E agora?

— Agora, Sebastian aparentemente me odeia; Luke nunca vai aceitar que eu tenha algo com Ethan, e continuo perdidamente apaixonada por ele.

— Mas qual a dúvida? Não foi sempre o Ethan?

— Sim, mas não me sinto segura em mudar tudo para ficar com ele.

— Vocês se falaram depois de tudo?

— Ainda não tive coragem de olhar meu celular com medo de ter alguma mensagem dele falando que foi um grande engano, que percebeu que não sente nada por mim.

— Amber, se eu tenho certeza de uma coisa é que Ethan seria capaz de enfrentar o inferno por você.

— E como é que você pode ter tanta certeza?

— Vi isso nos olhos dele aquele dia no hospital.

Eu queria acreditar que ele seria realmente capaz de enfrentar tudo por nós dois, mas meu coração ainda doía, e não suportaria passar por isso novamente.

— As coisas são tão fáceis com Sebastian, e com Ethan é tudo muito intenso. É como se eu explodisse por dentro, é difícil separar a menina de quinze anos da mulher de vinte e um.

— É assim, fácil, porque o que sente pelo Sebastian é "amor de pica" — falou, rindo.

Nós duas começamos a rir. Sebastian era ótimo e gostava muito de mim, mas Ethan um dia foi o meu mundo. Eu só não sei se seria capaz de suportar se meu mundo desmoronasse de novo. Depois de tanto conversar, Alisson adormeceu, mas minha cabeça estava a mil — precisava ver minha terapeuta.

Liguei para Liz, que conseguiu me encaixar na agenda. Meu estômago estava melhor, o vômito foi a válvula de escape para pôr todo o meu nervosismo para fora. Coloquei meu tênis e deixei um bilhete com as chaves-reserva para Alisson, caso ela acordasse antes do meu retorno. Eu ia literalmente correndo para o consultório da minha psicóloga; precisava organizar meus pensamentos. Quando cheguei lá, estava toda suada, mas Liz não se importou e me chamou para entrar.

— Diga-me, Amber, o que está te incomodando? Como foram seus últimos dias?

— Ah, Liz, muitas coisas aconteceram, mas vou começar pelo principal: Ethan voltou.

— E como você se sente com o retorno dele?

— Estou completamente perdida. Eu o amo. Achei que estar com Sebastian era o suficiente, mas quando vi Ethan de novo meu coração parecia que ia explodir, e quando estive em seus braços, foi como voltar a ter quinze anos.

— E você quer voltar a ser uma adolescente?

— Esse é o problema: eu não sei se isso é bom ou ruim.

— Isso depende muito do que você quer daqui para a frente. Será que você não está com medo de descobrir que não consegue amar o Ethan como adulta? Sei que a ideia de ter sofrido muito por amá-lo faz com que acredite que, agora que o tem de volta, deve obrigatoriamente ficar com ele.

— Talvez...

— Pense sobre isso. Por mais difícil que seja, às vezes precisamos aceitar que alguns sentimentos não nos cabem mais; isso não os anula, eles continuam existindo.

— Mas se ele não pode fazer parte do meu presente, por que parece tão real, tão vivo?

— Pense: se esse sentimento é tão real assim, por que está com dúvidas se é o certo?

— Eu não sei.

— A Amber de cinco anos atrás não duvidaria. Largaria tudo para ficar com ele, mas a verdade é que você não é mais aquela menina; você é uma mulher.

— Por que tem de ser tão difícil?

— Crescer é difícil, mas quanto mais fugir, mais vai doer.

— Às vezes eu só queria ter quinze anos de novo para não ter que escolher.

— Talvez seja isso que você está tentando fazer.

— É... pode ser...

— E como Sebastian lidou com a volta do Ethan?

— Bem, até, apesar da forma como descobriu: ele me ouviu transar com Ethan. Foi sem querer, o celular estava de lado, e em algum momento nossos movimentos fizeram com que a ligação fosse atendida, mas o mais estranho é que ele ficou do outro lado da linha ouvindo tudo. Eu, no lugar dele, teria desligado e ficado muito puta. Consegui conversar com ele só hoje de manhã. Ele ficou bem chateado com tudo, mas me deu espaço para pensar sobre o que eu quero.

— E por que não desligou a chamada antes? Será que deixá-lo ouvir tornaria tudo mais fácil? Assim, você poderia fugir da escolha? Sei que não foi a intenção, mas nossos desejos, inconscientemente, influenciam em nosso comportamento. Talvez você quisesse que Sebastian escolhesse por você, deixando-a livre.

— Talvez. Ai... deveria ser fácil. Ethan voltou. Deveria ser ele o escolhido.

— Pense, Amber. Por que deveria ser ele? Por que você sofreu por ele? Por que impediram que vocês ficassem juntos? Por que, mesmo ele parando de falar com você, não conseguiu te esquecer?

— Eu não sei, Liz.

— Você sequer sabe o que o fez voltar?

— Não, só sei que foi transferido para cá.

—Você já pensou que você pode ser uma feliz consequência dessa transferência, mas não o motivo dela?

— Ah, por que tem que ser tudo tão difícil? Eu estou confusa e com medo, Liz. Não sei o que fazer.

— Leve o tempo que precisar para pensar, Amber. Não tenha pressa. Uma hora você vai conseguir entender o que quer. As coisas não precisam ser resolvidas imediatamente. Agora, me fale o que aconteceu com seu rosto.

— Eu caí e bati meu rosto na mesa.

— Como isso aconteceu?

— Foi do nada, apenas caí. Devo ter ficado meio tonta por levantar rápido demais.

— Você me parece confusa. O que está tomando?

— Alguns analgésicos para a dor. A minha vida está uma confusão, Liz, não tenho espaço para lidar com isso agora.

— Assim como sua mãe nunca tem espaço para falar das "quedas da escada"?

— Nós não falaremos sobre isso agora, Liz.

— E como está sendo ter um grande número de medicamentos por perto?

— Eu não sou viciada, Liz — falei, fechando a cara.

Ficamos os próximos quinze minutos da sessão em silêncio. Liz sabe como odeio quando ficamos assim, caladas, mas ela sempre faz isso para me forçar a refletir e, por mais chato que seja, sempre funciona.

— Bom, Amber, nossa sessão acabou. Deseja me falar algo mais?

— Não, obrigada, Liz.

— Até semana que vem, Amber.

Ela sempre fala que o processo de psicoterapia é como uma ferida aberta, que precisamos lavar com água e sabão, e sempre vai arder para caralho, mas com o tempo vai cicatrizando, e todas as vezes que voltamos a falar da nossa dor é como se adicionássemos um pouquinho mais de sabão. Com o tempo a ferida se fecha e não dói mais, contudo, para isso, precisamos cuidar dela. Algumas sessões são realmente difíceis. Às vezes, saio de lá meio transtornada; não estava pronta para enfrentar tudo.

6

Voltei para o campus correndo, mas dessa vez nem mesmo a corrida foi suficiente para tirar a minha angústia. Alisson já havia ido embora, e eu precisava ter certeza da escolha que iria fazer. Peguei meu celular e digitei uma mensagem para Sebastian.

Preciso te ver, pode vir aqui?

Não demorou muito e ele me respondeu.

Amber, estou ocupado no momento.

Por favor?!

Daqui a uma hora, pode ser?

Sim, vou estar te esperando.

Aproveitei o tempo que tinha para tomar um banho e comer alguma coisa, enquanto lia o livro que Sebastian me havia dado. Eu estava tão lascada quanto a personagem principal: dois homens e uma escolha. Depois de ler algumas páginas, ouvi batidas na porta; esqueci que ele não tinha mais as chaves.

Quando abri a porta, ele estava lá, lindo como sempre, mas não estava sorrindo como de costume. Eu o havia magoado realmente.

— Entre, por favor — falei, deixando a porta aberta, enquanto alcançava a minha cartela de remédios e os tomava.

— O que gostaria de conversar, Amber?

— Eu estou confusa, Sebastian. Sei que te disse mais cedo, mas eu quero dar uma chance para nós dois, quero mesmo, não posso pensar como a Amber de quinze anos.

— Eu vou provar como sou a melhor escolha — disse ele, sorrindo.

— Eu sei o quanto isso é injusto, mas peço que seja paciente. Preciso entender o que sinto.

— O tempo que precisar.

— Agora, beije-me; faça-me lembrar que você é a melhor escolha.

Ele me encarou, e seus olhos transmitiam um misto de desejo e mágoa. Conforme se aproximava, minha respiração ficava pesada, principalmente quando estávamos tão perto. De forma delicada, ele segurou na minha cintura com uma das mãos, enquanto pousava a outra na minha nuca, segurando meus cabelos. Nesse momento, seus lábios tocaram os meus com delicadeza, mas rapidamente o beijo, que era delicado, tornou-se visceral. Desabotoei sua camisa, tirando-a de seu corpo, enquanto ele pressionava nossos corpos, fazendo-me sentir o quanto ele me desejava. A mão, que antes estava na minha cintura, desceu lentamente, contornando meu corpo, acariciando minha coxa, até que alcançasse minha calcinha, empurrando-a para o lado a fim de me tocar. Meu corpo reagia ao dele com facilidade, minha mão passeava pelo cós da sua calça, desabotoando-a e fazendo-a descer. O corpo dele também reagia com facilidade, era visível. Sem parar de me beijar, ele me empurrou contra a parede, segurando agora minhas pernas, tirando-me do chão, fazendo-me prender as pernas em seu corpo. Sem dificuldade, ele me penetrou e me fodeu ali, naquela parede, em pé. Nesse momento eu percebi que o que sentia por Sebastian era apenas uma atração física e, enquanto ele me fodia, a única coisa que eu pensava era no Ethan.

O sexo com Sebastian era muito bom; ele era um misto de delicadeza e brutalidade, mas era visível que não era com ele que queria ficar. Teria que arriscar e, apesar de ser muito bom estar com ele, não se comparava em nada com estar com Ethan. Precisava pará-lo, precisava ser justa.

— Sebastian — tentei falar, mas ele tomou minha boca com a sua. — Sebastian — repeti, afastando-o um pouco — acho melhor pararmos.

Ele não me ouviu e continuou com as estocadas, cada vez mais rápidas e violentas.

— Sebastian, está me machucando! Coloque-me no chão!

Como se não me ouvisse, ele me prensou mais contra a parede, levando sua boca à minha, afogando-me em seus beijos. Ele estava descontrolado. Suas mãos apertavam minhas coxas, conforme me segurava cada vez mais forte. Devo confessar que isso não era um problema; muitas vezes a brutalidade é bem-vinda na hora do sexo, e ele sabe do que eu gosto. Tudo era sempre consentido, menos dessa vez.

— Eu te amo, Amber, não pode simplesmente me deixar. Deixe-me mostrar como posso ser bom para você.

— Sebastian, você está me machucando... Por favor, pare, olhe para mim! — falei, com a voz trêmula e os olhos cheios de lágrimas, mas ele não me encarou, e seus movimentos ficavam cada vez mais violentos.

Ele encostou a testa na minha e parou com os movimentos bruscos. Sua respiração falhava.

— Eu não posso, Amber, não posso te deixar; preciso sentir você. Deixe-me sentir você por inteiro, seja minha.

— Por favor, Sebastian!

Ele me colocou sobre a cama. Tentei me afastar até a cabeceira, mas ele agarrou meu pé e me puxou com força, fazendo meu corpo virar de bruços. Lentamente, ele foi subindo, distribuindo beijos por todo o meu corpo de forma delicada, até ficar completamente sobre mim, levantando meu quadril e me penetrando com violência. Uma das mãos segurava meu quadril, enquanto a outra empurrava minha cabeça, prensando-a contra o colchão. Meu choro era silencioso, pois perdi as forças, não conseguia mais lutar. Estava doendo, ele estava me violentando de todas as formas possíveis: fisicamente, mentalmente; estava gravando na minha alma suas digitais.

— Você é minha, Amber, minha! — ele falou quando finalmente terminou, desabando sobre mim.

Tudo que eu queria era que ele fosse embora para poder trancar a porta, mas meu corpo todo doía. Estava paralisada, nem mesmo conseguia falar; minha voz havia sumido. Era como se estivesse drogada. Ele se deitou ao meu lado, puxando meu corpo contra o dele, adormecendo em seguida. Seus braços fortes seguravam-me, prendendo-me a ele. Não sei como, mas acabei adormecendo; acho que gastei toda a minha energia tentando impedi-lo. Estava com medo, não conhecia esse Sebastian; esse não era o homem com quem dividia minha cama há mais de um ano.

7

Meu sono foi agitado, e quando acordei ele não estava ao meu lado. Quase chorei de alívio ao não o ver lá. Olhei no relógio e eram seis da manhã. O campus todo ainda dormia, e de repente, a porta do quarto se abriu e ele entrou, carregando uma bandeja de café da manhã, como aquelas que compramos nas padarias. A primeira coisa que fiz quando o vi foi me encolher.

— Espero que tenha dormido bem — disse ele.

— Sebastian, precisamos conversar — declarei, sem acreditar que minha voz havia saído.

— Claro, mas antes tome seu café, comprei tudo que você gosta.

Meu Deus, quem era esse homem? Como ele conseguia ser duas pessoas totalmente diferentes?

— Não estou com fome — falei, mas estremeci quando vi ele fechar os punhos trêmulos.

— Na verdade, acho que posso comer alguma coisa. O que me sugere? — perguntei com calma, tentando agir normalmente.

Sebastian colocou a bandeja sobre a cama, sentando-se bem na minha frente. Alcançou um morango e levou-o até a minha boca. Mordi a fruta e mastiguei lentamente; minha vontade era de vomitar. Quando terminei de comer, levantei-me com dificuldade, seguindo para o banheiro, e parei na porta.

— O que aconteceu com você ontem à noite? — perguntei com a voz trêmula.

— Sobre o que está falando?

— Como assim, do que estou falando? — questionei, apontando para minhas coxas, onde estavam as marcas roxas de suas mãos.

— Amber, me desculpe, não percebi que apertava tão forte. Eu nunca te machucaria, nunca, você sabe disso.

— Eu já não sei de mais nada, Sebastian. Você me violentou ontem, não parou quando pedi, me ouviu chorar e não parou.

— Meu Deus, Amber, você me pediu para vir, pedindo para te fazer lembrar quem nós somos, como somos juntos. Você sempre gostou de brutalidade na cama, me perdoe, não tinha a intenção, eu juro — falou, tentando se aproximar, mas parou quando me viu dar um passo para trás e levar a mão à porta do banheiro, pronta para fechá-la.

— Está com medo de mim? — perguntou com os olhos arregalados, como se não acreditasse no que via. Eu não falei nada, e ele então se afastou, pegando a cartela de remédios que estava sobre a mesa.

— Quantos comprimidos você tomou? — perguntou, levantando a cartela vazia.

— A mesma quantidade que tomo todos os dias.

— Tem certeza? Pois me recordo dessa cartela ter vários comprimidos ontem. Você voltou a usar em excesso, Amber? Não me parece estar no seu juízo perfeito.

— Não! — exclamei, saindo do banheiro, pegando a cartela de suas mãos e indo até a gaveta onde guardava os comprimidos. Contei um a um. Era para essa cartela ter no mínimo seis comprimidos.

— Amber, sei que as coisas andam difíceis para você; a volta do Ethan, a invasão de dias atrás, o relacionamento com seu irmão, mas, se estiver pensando em voltar com os medicamentos, vá até um médico, fale com sua terapeuta; apenas não se machuque. Você levou tempo para conseguir ficar longe de tudo isso, não jogue fora — falou, aproximando-se e envolvendo-me em seus braços.

Minhas mãos tremiam enquanto segurava a cartela. O que estava acontecendo comigo? Havia prometido a mim mesma que nunca mais faria isso. Foi difícil segurar o choro. De repente estava soluçando, e Sebastian me colocou em seus braços e me levou até a cama.

— Vai ficar tudo bem, meu amor — sussurrou.

— Desculpe-me — falei, em meio aos soluços.

— Você não precisa se desculpar, está tudo bem, eu sempre vou estar aqui.

Acabei adormecendo em seus braços. Não sei quanto tempo fiquei dormindo, mas, assim que consegui abrir meus olhos, percebi que ele já não estava mais no meu quarto. Alcancei meu celular, que tocava sem parar.

— Alô? — falei sem olhar quem ligava.

— Amber, você está bem? Não foi às aulas — perguntou Alisson.

— Perdi a hora, e fale baixo, que minha cabeça está doendo.

— Ah, já sei: você e Sebastian viraram a noite, né?

— Por que você acha isso?

— Ele estava todo estranho hoje e nem perguntou sobre você, como se soubesse exatamente onde você estava e o que fazia.

— Você sempre repara em tudo, né? Bem, agora preciso de um banho; nos vemos amanhã?

— Certo, se cuida.

Ao desligar, vi as diversas mensagens e tentei responder uma a uma.

LUKE

Amber, vai atender esse celular ou terei que ir até aí ver como você está?

Luke, estou bem, não precisa vir até aqui. Não atendi antes, pois estava dormindo, acabei perdendo a hora.

SEBASTIAN

Espero que esteja melhor, qualquer coisa me ligue, e vou correndo.

Obrigada por ficar comigo hoje, eu realmente não sei o que aconteceu, não me lembro de ter tomado todos os comprimidos, mas, a julgar pelo meu passado, é bem possível. Tanto o hospital como minha terapeuta estavam preocupados com o uso prolongado dos analgésicos.

As lembranças ou fantasias que criei na minha cabeça estavam me matando, mas não consigo confiar em mim mesma e, por mais que quisesse, me sinto insegura quando todos à minha volta vivem com medo de que eu tenha uma recaída. Segui rolando as demais mensagens.

ETHAN

Estou com saudades.

Meu coração apertou instantaneamente quando vi a mensagem do Ethan no celular. Eu sentia o mesmo, mas não consegui responder. Ao invés disso, disquei o número da Liz.

— Oi, Liz, tudo bem? Desculpe-me por ligar assim, mas preciso muito de uma sessão.

— Amber, aconteceu alguma coisa?

— Não sei exatamente, estou confusa.

— Não estou no consultório, estou em um congresso na Suíça. Acha que consegue esperar até sua sessão? Ou, se desejar, podemos fazer uma videochamada.

— Não se preocupe, Liz, havia me esquecido completamente do congresso. Nos vemos na semana que vem, aproveite a viagem. — Desliguei antes mesmo de ela responder.

Me levantei da cama, nervosa, e fui direto à gaveta onde guardava todos os meus medicamentos; abri um a um e despejei todos direto na privada, dando descarga.

Conforme as horas passavam, mais nervosa eu ficava. Já não tinha mais unhas para roer, e essa confusão mental estava me matando. Fazia muito tempo que não me sentia assim, perdida; não me lembro de saber lidar com esses sentimentos, pois estava sempre drogada. Só depois de jogar os comprimidos percebi como fui burra. Joguei junto meus ansiolíticos, e sem eles ficaria mais perdida, mas o medo de me descontrolar e tomar todos de uma vez foi maior. Peguei minhas chaves e saí. Tentei conseguir os medicamentos em várias farmácias, mas devido ao meu histórico com remédios, o meu cadastro na central das farmácias era restrito; só conseguia retirar com receita e autorização do meu médico.

Saí da última farmácia e entrei em meu carro, puta da vida, peguei meu celular e disquei o primeiro número que me veio à cabeça.

— Alô, Amber?

— Noah?

— E aí, princesa, o que quer depois de anos longe?

— Você sabe o que eu quero, mas só preciso de alguns, não faço uso como antigamente. Estou um pouco ansiosa, os meus acabaram e só tenho consulta com meu médico na próxima semana, então preciso de alguns.

— Sei como é, onde você está?

— Acho melhor eu ir até você.

— Certo, você sabe onde me encontrar, estou no mesmo lugar de sempre.

Noah era minha última esperança, mas só vou pegar o necessário até a próxima consulta. Chegando em frente à casa dele, buzinei duas vezes e ele saiu. Puta que pariu, havia me esquecido como ele era gostoso! Noah é um cara alto, de pele branquinha, olhos azuis como o oceano, rosto cheio de sardas, cabelo loiro bem claro e o corpo grande, definido, mas sem exagero. Era praticamente impossível esquecer tamanha perfeição, mas eu vivia drogada quando estava com ele.

— Uau, você está muito melhor do que me lembro!

— Você também não está nada mal, Noah. Na verdade, eu mal lembrava da sua cara — o mal de estar sempre chapada — mas já faz anos que não faço mais uso dessa forma.

— Sei como é. E o que te traz aqui?

— Dei uma "surtadinha" de leve e joguei todos os meus comprimidos na privada. Estava com medo de usá-los de forma errada, mas esqueci que sem os ansiolíticos tudo ficaria mais difícil.

— Certo, tenho o que você precisa, mas não aqui, vamos para outro lugar. Eu dirijo.

Concordei, sentando no banco do passageiro e deixando que ele dirigisse meu carro. Não fomos muito longe, e paramos em uma casa cheia de jovens; provavelmente o ponto de venda, sempre com festas e muita bebida para influenciar o uso.

— Nunca pensou em mudar de vida, Noah?

— Já, mas quando se trata de tráfico, dificilmente se sai com vida. Vem, vamos entrar.

Caminhamos devagar entre jovens visivelmente embriagados até uma escada que dava para o segundo andar.

— Aqui está — disse, entregando-me um saquinho com alguns comprimidos.

— Quanto te devo?

— Pelos velhos tempos, Amber. Quer beber alguma coisa?

— Não sei se é uma boa ideia.

— Qual é? Só uma bebida, depois pode ir.

— Certo, surpreenda-me, então — falei, sentando em um daqueles pufes gigantes.

Noah voltou com dois copos grandes de caipirinha de tequila, a minha preferida.

— Está tentando me embebedar com um copo desse tamanho?

— Quem sabe assim tenho uma chance de provar da sua boca outra vez? Tenho certeza de que uma garota como você só estava comigo porque nunca estava consciente o suficiente para se dar conta de que esta não é uma vida para você — falou, rindo.

— Haha, não vou beber a esse ponto, tenho que dirigir, e saiba que não estava com você só pelas drogas, sempre achei você um cara legal. Você tem um coração bom, Noah.

— Eu já não tenho mais salvação, princesa. Não se preocupe, estou bem — disse, jogando-se no pufe ao meu lado.

— Obrigada, Noah.

— Esta é a última vez que te dou qualquer comprimido.

— Pode deixar. Na próxima, irei pagar — falei, rindo.

— Estou falando sério, Amber. Se depender de mim, você não vai voltar para essa vida. Não posso admitir que isso aconteça — disse, segurando meu queixo.

— Tudo bem, eu também não pretendo fazer isso.

Continuamos conversando por horas, e aquele copo de bebida virou dois, três... até perdermos a conta de quantos foram. Estar com Noah era bom, era como fugir da realidade dura e não se preocupar com mais nada. Deitamos no pufe, e coloquei minha cabeça em seu ombro.

— Amber — sussurrou ele, para que olhasse para cima.

Virei meu rosto para encará-lo e, sem perceber, deixei que meus lábios se unissem aos dele. Deixei-me levar. Nossos beijos eram delicados e suaves, suas mãos caminhavam pelo meu corpo como se explorassem um lugar desconhecido, mas, aos poucos, seu toque se tornou mais intenso, como se nossos corpos recuperassem a memória de como era ser tocado um pelo outro.

— Eu não vou colocar uma arma na sua cabeça — afirmou, soltando uma gargalhada.

— Quem foi que disse que você vai me comer hoje? — perguntei, rindo.

— Faz muito tempo que não me sinto tão bem com alguém. Senti sua falta, Amber.

— Mas você nunca me procurou.

— Eu jamais convidaria você para fazer parte da minha vida. Deixei que fizesse uma vez, pois, se não fosse eu, seria outro, e não gosto de imaginar o que poderia ter acontecido.

— Obrigada — disse, deitando o rosto em seu peito de novo. Ficamos ali, ouvindo o som da nossa respiração.

Noah não me deixou ir embora depois de beber tanto. Dormimos ali mesmo no pufe, e acordei com a luz do sol batendo no meu rosto e uma baita dor de cabeça. Não demorou muito para ele acordar também.

— O que estamos fazendo de roupa, vai me dizer que não rolou nada ontem? — perguntou, com deboche.

— Eu até quis, mas, sabe, você não tinha uma arma aqui — respondi, soltando uma gargalhada.

Noah soltou uma gargalhada também — fazia muito tempo que não me sentia tão bem. Ele era uma pessoa com um coração imenso, e eu queria que ele pudesse ver isso e saísse dessa vida.

— Bom, quer que te deixe em casa? Preciso ir para a faculdade — falei, levantando-me.

— Não, vou ficar por aqui mesmo. Qualquer coisa, sabe onde me encontrar, mas não me procure mais por isto aqui — disse, apontando para os comprimidos, enquanto descíamos as escadas. Caminhamos em silêncio até meu carro.

— Foi bom te ver, Noah — falei, dando uma última olhada para ele antes de entrar no carro.

8

Cheguei cedo ao campus e tive tempo de tomar banho e comer. Saí quase na hora da aula — não queria ter um tempo a sós com Sebastian. Quando entrei, quase todos os alunos já estavam sentados. Evitei ter muito contato com ele, mas foi inevitável nossos olhos não se encontrarem e, pela primeira vez ao olhar naqueles olhos, senti medo. Não saber o que era real e o que não era estava me deixando louca; queria acreditar que Sebastian não havia me violentado, mas aceitar isso era aceitar que consumi mais remédios do que precisava, deixando-me ceder por uma necessidade de tornar tudo mais fácil. Além disso, não consigo me lembrar de ter tomado vários comprimidos, e há muito tempo não precisava disso.

Minha cabeça estava tão zoada que mal prestei atenção na aula. Só me dei conta de que havia acabado quando ouvi Sebastian me chamar.

— Amber, precisamos falar sobre suas faltas, venha até aqui.

Eu sabia que não era sobre isso que ele gostaria de falar.

— Alisson — chamei, quando a vi saindo da sala, mas ela não me ouviu.

Estava tentando ficar longe dele, e as lembranças da última noite ainda me perturbavam, mesmo que não fossem reais.

— Como você está? — perguntou, aproximando-se.

— Estou bem, e você?

— Não muito, isso tudo está acabando comigo — respondeu, pegando uma das minhas mãos. Seu toque me deu calafrios.

— Me desculpe, Sebastian, não queria que isso acontecesse, mas estou realmente confusa — disse, puxando devagar minha mão.

— Sinto falta dos nossos momentos... Janta comigo hoje? Vamos para minha casa, vou cozinhar pra você.

— Hoje não vou poder, já tenho compromisso, mas vamos nos falando, preciso organizar minhas ideias. Até mais, Sebastian — falei, virando-me para sair, quando ele segurou meu braço.

— Você vai vê-lo?

— Sim — eu disse, puxando meu braço, e, para minha surpresa, ele não resistiu. Soltou meu braço e me deixou ir, e em seus olhos vi uma mistura de raiva e dor. Eu não queria magoar ninguém, mas precisava fazer o que era melhor para mim.

Eu preciso ver o Ethan, não posso mais escolher o caminho mais fácil. O encontro com Noah na noite passada me fez pensar em como tenho perdido meu tempo fazendo o que as pessoas querem e deixando meu coração de lado, assim como Noah, que permanece no tráfico porque é mais fácil, mas no fundo não é o que ele deseja. Ainda no corredor, peguei meu celular e disquei o número.

— Ei, Ethan, desculpe-me por não responder suas mensagens, não estou sabendo como lidar com a situação. Será que podemos nos ver hoje à noite?

— Como é bom ouvir sua voz, Amber, eu estava aflito com seu sumiço. Bom, estou de folga hoje à noite, posso ir até aí ou quer fazer outra coisa?

— Acho que aqui está ótimo. Traga pizza. Será que ainda se lembra do meu sabor favorito?

— Só vai saber quando eu chegar — falou, rindo.

— Até mais tarde, Ethan.

Não precisei andar muito para encontrar Alisson.

— E esse sorriso aí? Não me diga que se resolveu com Sebastian e decidiu ficar com os dois?

— Não, Sebastian anda bem estranho, na verdade. Chega a me dar medo às vezes. Esse sorriso tem outro nome: Ethan.

— Ai, ai, enquanto isso, estou eu aqui na seca. Quais são os planos?

— Você nunca quer alguém que a queira, aí fica difícil, amiga. Mas sobre os planos, vamos nos ver hoje.

— Meu Deus, não olhe agora, acabei de achar o homem da minha vida — falou, babando seja lá para quem ela olhava. — Ai, ele está vindo nessa direção, me fala se estou bonita!

— Você está linda, como sempre.

Me virei para dar uma olhada no cara que estava roubando toda a atenção da minha amiga.

— Noah — pensei alto.

— Noah? Aquele Noah? Puta que pariu, Amber! O que ele faz aqui e por que está vindo em nossa direção? — perguntou, sem acreditar.

— Amber? — falou, conforme chegava mais perto.

— Noah, o que faz aqui? — perguntei, surpresa.

— Você deixou isto aqui cair ontem. Achei que fosse precisar, estava passando por aqui e resolvi tentar a sorte de te achar — respondeu, levantando minha carteira.

Alisson, que estava do meu lado, chamou a atenção com uma tosse falsa.

— Noah, não sei se vai se lembrar da Alisson, minha amiga.

— E aí, Alisson, como vai?

— Estava melhor antes de ver essa sua cara feia. Amber, o que está fazendo encontrando esse cara?

— Bom, como já te entreguei, já vou indo. Foi bom te ver, Amber — falou, saindo em seguida.

— Amber, o que estava fazendo ontem à noite com esse cara? — questionou ela, sacudindo-me.

— Não fiz nada demais, e não, não estou comprando comprimidos outra vez. Acabei encontrando-o por acaso, acabamos bebendo um pouco e ficamos conversando. Foi só isso. E fique tranquila, ele já me disse que, mesmo que eu quisesse, não me venderia nada.

— Acho bom que isso seja verdade, pois não vou aguentar te ver mal outra vez — falou, saindo brava.

— Alisson… volta aqui!

As demais aulas foram tranquilas. Não via a hora de poder ir para o dormitório me preparar para ver o Ethan. Às oito horas ouvi batidas na porta. Corri para abri-la e lá estava ele, lindo; vestia uma calça jeans e uma camiseta preta.

— Entre — chamei-o, abrindo mais a porta.

— Uma pizza de quatro queijos para a senhorita — falou, erguendo a caixa.

— Ah, você não esqueceu do meu sabor favorito! — disse, pendurando-me em seu pescoço.

— Eu nunca me esqueci de nada a seu respeito, Amber — afirmou, colando a boca na minha de forma suave. — Eu poderia fazer isso pelo resto da minha vida — acrescentou, apertando-me em seus braços, sem distanciar nossas bocas.

A noite foi agradável; assistimos a um dos meus filmes favoritos, Show Bar, comemos pizza e conversamos sobre diversas coisas.

— Como soube que queria ser policial?

— Meu pai insistiu para que eu fizesse as provas, acabei gostando, e hoje, sem dúvida alguma, foi uma das melhores coisas que fiz, até porque foi isso que me trouxe de volta — disse, sorrindo.

— Alguma namorada nesses anos?

— Namorada não, mas, sim, saí com algumas garotas. Meus rolos sempre terminavam rápido demais, elas não eram você. E você, namorou alguém?

— Só com Noah, e digamos que com Sebastian também, por mais que não seja um relacionamento público.

— Noah é o que te fornecia os comprimidos?

— Não exatamente. Eu pegava os comprimidos com ele, mas era uma escolha minha. Eu queria os comprimidos, e ele nunca me forçou ou me ofereceu. Pelo contrário, muitas vezes ele tentava me fazer parar, mas você me conhece: eu só ia parar quando quisesse. Acho até que, se não fosse ele, eu poderia estar pior.

— Entendi. E como está a faculdade?

— Está tudo caminhando bem. Ando meio distraída, mas nada que me atrapalhe.

— E o tal do Sebastian?

— O que tem ele?

— Como lidou quando terminou com ele?

— Eu ainda não terminei com ele; pedi um tempo para pensar.

— Você sente que precisa de um tempo para pensar? — perguntou, frustrado.

— Foi tudo tão de repente, é complicado. Uma hora eu estava com ele, fazendo planos, e do nada você aparece. Preciso pensar no que vou fazer com tudo isso.

— Tudo bem, você não me deve satisfação, leve o tempo que precisar, não quero perder o meu tempo com você falando sobre ele. Venha aqui — disse, puxando-me para mais perto dele na cama, colando nossas testas uma na outra. — Ainda sinto a mesma sensação da primeira vez que te beijei. Meu coração quase sai pela boca — disse Ethan, tocando minha boca com o polegar.

— Ethan — suspirei seu nome. Minha respiração estava pesada. Fechei meus olhos e deixei que ele me tomasse.

Seus dedos passearam pelos meus braços, fazendo todos os pelos do meu corpo se arrepiarem, enquanto sua boca descia devagar para o meu queixo, pescoço e ombros até a alça da blusa, a fim de chegar aos meus seios, onde não teve pressa, beijando e mordiscando cada pedacinho de pele. Devagar, continuou a descer, levando junto a blusa, que já passava do meu quadril. Enquanto sua mão explorava minha barriga, a outra desabotoava minhas calças, arrancando-as com a blusa suavemente, como se estivesse em câmera lenta. Seus olhos me comiam de tanto desejo, e ele me observava como se fosse uma obra de arte.

— Quero memorizar cada centímetro seu, cada detalhe.

— Ethan, acho melhor você voltar aqui.

Sem contestar, ele tirou a própria blusa e subiu, beijando de baixo para cima, até chegar entre minhas coxas.

— Quero fazer uma coisa que não consegui anos atrás — disse ele, beijando a parte interna das minhas coxas, subindo para minha virilha, até encontrar meu ponto mais sensível, que pulsava a cada beijo seu.

Precisei me manter firme nos lençóis, quando ele finalmente deixou que sua língua me provasse, passando suavemente pelo meu clitóris e descendo para mergulhar na minha umidade.

— Puta que pariu, Ethan!

Ele, de imediato, voltou o foco de sua língua para o meu clitóris, enquanto introduzia no meu sexo um de seus dedos, e depois dois. Eu estava em êxtase. Sexo era uma coisa boa, mas com quem a gente gosta é muito melhor. Não foi difícil ele me fazer chegar ao limite. Minhas pernas tremiam quando ele voltou a subir, encontrando minha boca. Levei minhas mãos até suas calças a fim de arrancá-las; não podia esperar mais nenhum segundo para tê-lo dentro de mim.

— Ethan, por favor!

Como se fosse uma ordem, ele tirou a camisinha do bolso e me penetrou lentamente, para que pudesse sentir cada centímetro dele. Nós dois respirávamos com dificuldade, mas nenhum dos dois pensava em parar. Quando tive a oportunidade, virei-o, ficando sobre ele — existia algo que eu também queria fazer há muito tempo: tirei-o do meu interior e fui engatinhando para trás, até que minha cabeça ficasse no mesmo nível do seu membro e, sem demora, o cobri com minha boca. Ele chamava meu nome enquanto eu o engolia por inteiro até que chegasse ao ápice também. Levantei-me, limpando os lábios, estampando um sorriso vitorioso. Eu amo a sensação de ser desejada.

Com um sorriso no rosto, ele me puxou para deitar ao seu lado.

— Nunca imaginei que iria te ver outra vez, por mais que desejasse isso — falei.

— Amber, vivi cada dia sonhando com este momento, e agora que posso ter você em meus braços outra vez, não quero nunca mais me afastar.

Ficamos em silêncio, apenas curtindo o momento, até minha barriga começar a roncar.

— Acho que aquela pizza cairia bem — falei, rindo.

— Vou esquentá-la pra gente, só preciso passar uma água no corpo... Posso?

— Claro, tem toalha no armário da pia.

Conforme ele caminhava para o banheiro, deitei-me de bruços e alcancei meu celular. Olhei as diversas mensagens da Alisson querendo saber como foi o encontro; mal sabia ela que ainda estava acontecendo. No meio delas, vi o número do Noah. Quando abri a caixinha para digitar uma mensagem, agradecendo por trazer minha carteira, vi que ele também digitava. O que ele poderia querer uma hora dessas? Parei de digitar e esperei que ele enviasse primeiro, mas, em vez de falar algo, ele só mandou uma foto segurando uma garrafa de tequila, escrito "ela sente a sua falta".

Haha, diga que também sinto a dela. — digitei, com um sorriso bobo para a tela do celular.

Se eu te pedir uma coisa, você faz? — Noah perguntou.

Depende.

Bloqueie o meu número de celular?

Que pedido mais estranho.

Sinto que, se você não me bloquear, não vou conseguir ficar longe de você. É estranho, mas, nesse mundo de drogas e dinheiro, as pessoas se vão rápido demais, e não dá para confiar em ninguém. Você me fez lembrar como é ter alguém de verdade ao lado.

Nós podemos ser amigos, Noah. Eu posso ser essa pessoa de verdade para você, se isso for recíproco.

Esse é o problema: não sei se quero ser só seu amigo. Ainda sinto o gosto da sua boca na minha.

Era o mesmo da sua: tequila e limão, haha — eu digitei, tentando desviar um pouco o assunto.

Não, não era. Você tem um gosto próprio, não sei explicar, mas tá difícil esquecer a noite de ontem.

Antes que pudesse responder, a porta do banheiro se abriu e eu dei um pulo, desligando a tela do celular. Não sei se Ethan percebeu meu nervosismo, pois não falou nada, seguindo até o micro-ondas para esquentar a pizza.

— Amber, o que é isso?

Virei na hora para olhar para ele.

— O quê?

— Essas marcas nas suas pernas... quem fez isso, Amber?

— Isso não é nada, eu já resolvi.

— Quem fez isso, Amber?

— Foi o Sebastian. Passamos um pouco do limite na última vez, mas ele já se desculpou, e não nos vimos mais depois disso. Já disse que dei um tempo.

— O engraçado é que essas marcas são recentes, no máximo dois dias atrás.

— Você acabou de dizer para levar o tempo que precisar. Não me pressione, Ethan.

— Sabe o que me deixa puto, Amber? É saber que você ainda tem dúvidas se quer ficar comigo ou com esse cara.

— Ethan, olhe para mim — falei, ficando em pé sobre a cama e segurando seu rosto entre minhas mãos. — Eu não tenho dúvida do que sinto por você. Na verdade, é isso que me dá medo. Eu te amo tanto que dói, e não sei se conseguiria lidar com mais uma partida. Eu tenho medo de deixar todo esse amor sair e ele me destruir de novo; e não sei se sou capaz de recolher meus pedaços outra vez.

— Eu nunca mais vou te deixar, Amber, entenda isso, nunca mais — disse ele, abraçando-me.

9

Ethan passou a noite comigo. Dormir em seus braços era algo bom, amá-lo era bom na maior parte do tempo, mas também doía, machucava — era como se eu dependesse dele para respirar, e isso me sufocava. Não sei se o amor deveria doer, mas precisava dar uma chance para nós dois. Porém, para isso, preciso terminar com Sebastian.

— Ei, dorminhoco, acorda, preciso ir pra aula — falei, pouco depois de acordar.

— Ah, só mais um pouquinho — disse ele, puxando-me para mais perto.

— Preciso levantar, já está tarde. Vamos, solte-me, e, se for rápido, pode até aproveitar o banho comigo — comentei, dando uma piscadinha.

Não demorou muito e ele levantou, seguindo-me até o banheiro. Existiam tantas coisas que sonhamos viver juntos e não conseguimos por sermos jovens demais. Quando entramos no banheiro, fechei a porta como força do hábito; sempre tomei banho com a porta fechada. O banho demorou mais que o esperado: ele lavou meus cabelos, ensaboou minhas costas e beijou mais do que eu esperava ser beijada minha vida toda.

Quando terminamos, nos enrolamos nas toalhas e saímos juntos, dando de cara com Luke sentado em minha cama. Ele nos olhou com raiva e se levantou da cama, empurrando-me para o lado, acertando o rosto do Ethan com um soco.

— LUKE! PARE!

— Você é teimosa, Amber! — reclamou, enquanto massageava os dedos da mão. — Se eu falei para ficar longe dele é porque tenho meus motivos, mas você prefere pagar pra ver. Você vai deixá-lo te destruir mais uma vez, mas desta vez eu não ficarei para ver você se afundar.

Era visível que Luke ainda nos culpava por tudo, mas seu ressentimento por Ethan ia além. A verdade é que meu irmão nunca teve muitos amigos, e ver a única pessoa em quem confiava cegamente traí-lo foi um golpe duro demais. Acho que ele não tinha medo de me ver sofrer, mas medo de se abrir para voltar a ser amigo do Ethan e acabar se machucando de novo.

— Luke, vamos conversar — pediu Ethan.

— Eu não tenho o que conversar com você, Ethan! — Luke falou, saindo do quarto.

— Ele nunca vai aceitar — lamentei, pegando gelo para pôr em seu rosto.

— Um dia vamos conseguir acertar as coisas com ele — disse Ethan, pegando o gelo da minha mão e beijando o topo da minha cabeça. Ele parecia preocupado.

Passamos alguns minutos em silêncio, como uma forma de postergar a despedida. Mesmo sendo apenas um "até logo", era difícil, como se tudo voltasse à tona. Ainda é sexta-feira, e não estou podendo perder nenhuma aula; além disso, preciso conversar com Sebastian.

Quando desci para as aulas, procurei-o, mas ele não estava em nenhum lugar. Precisava acabar logo com isso. Peguei meu celular e digitei uma mensagem.

Sebastian, precisamos conversar. Onde você está?

Ele nem mesmo visualizou a mensagem. Guardei o telefone e segui para a aula. Conheço Sebastian o suficiente para saber que ele vai enrolar um pouco para me responder. Ele pode ser mais velho, mas é pior que um adolescente em algumas situações. O bom é que é dia de terapia, e poderei colocar as ideias em ordem. Saí da última aula e fui direto para o consultório. Quando cheguei, estacionei meu carro a algumas quadras da clínica e, ao entrar, já encontrei Liz na recepção.

— Amber, como vai? Vamos entrar? — perguntou Liz.

— Bem, obrigada. Por favor — falei, sorrindo.

— Diga-me, Amber, como foram os últimos dias?

— Um verdadeiro caos. No dia da nossa última sessão, saí daqui e mandei mensagem para o Sebastian, pedindo que me encontrasse. Eu queria passar a noite com ele para saber o que fazer, mas a noite foi muito estranha, não consigo distinguir o que é real e o que não é.

— Como assim? Fale-me um pouco mais sobre essa sensação.

— Na minha cabeça, a noite com Sebastian foi aterrorizante: eu pedia para que ele parasse e ele continuava; eu chorava e implorava, mas era como se ele não me ouvisse e ele me machucava. Porém, quando acordei de manhã, ele parecia outra pessoa; parecia o Sebastian doce e atencioso que eu conheço. Quando fui falar sobre a noite anterior, ele se mostrou surpreso e confuso, até mesmo ofendido, e foi aí que ele alcançou a minha cartela de comprimidos controlados, perguntando quantos eu havia tomado na noite anterior. A cartela estava vazia, mas não era para estar, e eu não me lembro de ter tomado mais que o necessário.

— Mas depois que ele perguntou, você começou a cogitar a hipótese de ter tomado comprimidos a mais?

— Isso já aconteceu outras vezes; você sabe que já tive pequenas recaídas. Mas desta vez é diferente, não me lembro de nem mesmo pensar em tomar mais que o necessário; das outras vezes, foi algo pensado.

— Amber, o que faz mais sentido para você?

— Não consigo aceitar o fato de ter me drogado. No primeiro momento, confesso que me rendi a isso, senti-me fraca e impotente, deixei-me levar, acreditando que de fato eu havia me drogado, mas com o passar dos dias ficou mais difícil acreditar nisso. O mais difícil é que, ao acreditar que não tomei os comprimidos, vou estar aceitando que, naquela noite, Sebastian me violentou, me machucou e depois me fez acreditar que havia alucinado. Como eu posso ter vivido mais de um ano com uma pessoa e nunca ter percebido isso?

— Amber, você e Sebastian nunca estiveram em um relacionamento de verdade. O fato de sempre se encontrarem escondidos fazia com que ele pudesse criar o Sebastian ideal. Nada saía do controle, e, no momento que ele percebeu que não teria mais o controle da situação, tentou descredibilizar você para que pudesse estar novamente no controle.

— É difícil aceitar isso. Às vezes me pego tentando acreditar que sou uma viciada e que tomei os comprimidos. Eu até mesmo cheguei a procurar Noah. Inclusive, peguei alguns comprimidos com ele, mas não se preocupe, só fiz isso porque, em um surto, joguei todos os meus comprimidos na privada. Tentei comprar os ansiolíticos de novo, mas você sabe que sem a receita não iriam liberar. Vi-me perdida — falei, dando um longo suspiro. — Enfim, ele me deu os comprimidos, somente o necessário para os dias até a próxima consulta, e disse que nunca mais me daria nenhum, e eu também não pretendo pedir mais.

— Amber, você precisa se lembrar de tudo que passou para conseguir se recuperar do abuso de substâncias. Quando teve as recaídas, estava no início do tratamento, e agora faz anos que não tem nenhuma. Você acredita mesmo que isso aconteceria de repente? Siga sua intuição e acredite mais em você mesma.

— Sabe, ver Noah me fez pensar muito sobre mim mesma e sobre as escolhas que tenho de fazer. Agora, eu sei o que quero fazer, independentemente do que aconteceu no passado. Vou terminar com Sebastian, vou buscar conhecer mais o Ethan de agora e ver no que vai dar, mas tem uma coisa me incomodando muito: dormi com Ethan esta noite. Foi tudo incrível, muito bom mesmo, mas pela manhã Luke apareceu e partiu pra cima dele.

— Você acredita que existe algo que eles não estão te contando?

— Talvez.

— Acredito que só saberá se chamá-los para conversar. Uma conversa madura entre vocês três, como adultos.

— Meu Deus, não quero nem ver como vai ser! — eu disse, tentando imaginar a reação de Luke se eu o convidasse para essa conversa. — Acho que nosso tempo acabou, Liz.

— Sim, acabou. Vejo você na próxima semana — falou, levantando-se para abrir a porta.

— Amber — ela me chamou enquanto saía — tome cuidado com Sebastian. Se tudo de que se lembra daquela noite for real, ele pode não estar mentalmente estável.

Não falei nada, mas concordei com a cabeça. Saí sem pressa, pegando meu carro para voltar ao campus. Antes de dar partida, chequei meu celular. Sebastian não havia me respondido. Liguei o som e estava tocando Simon, da Lifehouse. Essa, sem dúvidas, é a minha banda favorita. Chega a ser estranho como suas letras muitas vezes se encaixam perfeitamente na minha vida. O pós-terapia pedia uma bebida com a minha melhor amiga. Disquei seu número:

— Alisson, acabei de sair da terapia, preciso de umas doses de insanidade, por favor — falei, sem dar chance de ela falar nem mesmo um oi.

— Ah, havia me esquecido de como você fica depois de uma sessão tensa de terapia. Vou querer saber tudo, hein?

— Eu vou te contar se sairmos para beber.

— *Tá bom, agora são quatro horas, o que acha de sairmos umas seis?*

— Ótimo. Você escolhe o lugar?

— *Decidimos na hora, pode ser?*

— Certo, até mais tarde.

— *Até.*

Quando parei no sinal, ouvi meu celular tocar. Peguei-o para conferir, e era uma mensagem de texto do Noah.

Sei que devia ficar longe, mas penso em você o dia todo.

Larguei o celular de lado e segui o caminho oposto ao campus. Nem pensei direito no que estava fazendo, mas queria vê-lo novamente. Estar com ele era como estar comigo mesma, sem máscaras, sem fingimento; a verdade é que, mesmo convivendo bastante tempo com Noah, não o conhecia muito, pois do tempo que passei com ele, em grande parte não me recordo muito, mas era como se o conhecesse desde sempre, como se nossas almas fossem velhas amigas. Chegando ao seu portão, peguei meu celular e mandei uma mensagem, esperando que ele estivesse lá.

Olhe pela janela!

Não demorou muito e ele apareceu, e quase que instantaneamente seus lábios se curvaram em um sorriso.

— Pensei que não ia me mandar mais mensagens — falei, abaixando o vidro.

— Pedi para me bloquear, você não bloqueou, não resisti.

— O que está fazendo?

— Estava jogando videogame.

— Ah, então jogar te faz lembrar de mim? Posso saber o motivo?

— Tem certeza de que quer saber?

— Absoluta!

— Então vamos entrar e eu te mostro.

— Hum, isso está me parecendo uma cilada.

— Só vai descobrir se vier — falou, virando e entrando.

Desci do carro e corri atrás dele.

— Então? — perguntei, curiosa.

— Nada, só queria fazer você entrar — respondeu, dando uma piscadinha.

— Você não vale nada, sabia?

— Sabia! Agora sente-se aqui e vamos jogar.

— Não sei se é uma boa ideia, vou humilhar você.

— Eu não apostaria nisso — comentou, entregando-me o controle.

Peguei o controle e me sentei, escolhendo meu personagem.

— Eu vou ser o Sub Zero.

— Tão previsível, vou com o Raiden.

Iniciamos o jogo e, logo em seguida, eu ganhei. Caímos na risada.

— Vamos apostar alguma coisa? — perguntou.

— O que você quiser, vou ganhar mesmo.

— Três rodadas então.

Iniciamos a primeira e ganhei com facilidade, mas perdi todas as partidas seguintes.

— Filho da puta, você fingiu na primeira só para me convencer a apostar!

— O mundo é dos espertos.

— Certo, o que vai querer?

— Isso — disse, tomando meus lábios com os seus. Meu Deus, o que eu estava fazendo? Não bastavam Ethan e Sebastian? Não podia me envolver com Noah, não agora, mas era impossível fugir, pois, quando estava com ele, eu não era a Amber que todos conheciam: era a Amber de verdade.

— Noah...

— Não diga nada, por favor, Amber — falou, tomando novamente minha boca, fazendo-me deitar no sofá. Passou uma de suas mãos pela minha cintura, puxando-me para perto, próximo o bastante para sentir cada centímetro do seu corpo. Tudo com Noah é intenso, tão intenso que não é preciso nos despir para me sentir nua, transparente. Ele não precisava de mais nada para me fazer sua — isso vai muito além de apenas sexo.

Demoramos a nos desgrudar, o que só aconteceu quando ouvimos meu celular tocar.

— Merda, perdi a hora... Alisson, desculpe-me, amiga, estou atrasada. Dê-me trinta minutos e passo aí no seu quarto, ok? — falei, desligando ao ouvi-la concordar, resmungando.

— Não vá — sussurrou Noah.

— Eu queria poder ficar, mas é uma tradição sair para beber com a Alisson depois da terapia e contar todos os tapas na cara que recebi — disse a ele, rindo no final.

— Tudo bem, avise-me quando chegar, ok?

— Aviso — respondi, levantando-me e saindo.

Antes de chegar à porta, senti sua mão na minha. Ele me puxou para um abraço, encostando-me contra a porta em seguida.

— Noah, preciso ir.

— Eu sei — falou, tomando minha boca outra vez, enquanto uma das mãos segurava minha nuca e a outra puxava minha cintura para unir nossos corpos. Soltei um pequeno suspiro, rendendo-me ao momento.

Eu ficaria, ficaria quanto tempo ele quisesse, mesmo sabendo que Alisson vai querer me matar. A mão que segurava minha cintura desceu até uma das minhas pernas, levantando-me, e eu instantaneamente enrosquei minhas pernas ao redor de sua cintura. Ele nos girou, caminhando até o sofá novamente. Tentei desvencilhar nossas bocas, mas Noah me tomou novamente com um beijo selvagem que me reivindicava por completo. Nesse momento, não existia nada nem ninguém além de nós dois.

Só nos separamos minutos depois, quando meu celular voltou a tocar no meu bolso. Noah o alcançou, entregando-o a mim.

— É melhor você ir — falou, com a boca no meu pescoço, depositando pequenos beijos que desciam pela minha clavícula.

— Sim, é melhor — concordei, desligando a chamada e deixando o celular cair, enquanto minhas mãos se ocupavam em tirar sua blusa.

Me perdi no momento. Meus olhos se perderam em seu peito nu até encontrarem uma pequena tatuagem localizada em cima de seu coração — uma pequena libélula cor de âmbar. Deixei meus dedos percorrerem sua extensão, contornando cada detalhe de suas asas, para, então, deixar meus olhos encontrarem os de Noah.

— Quando uma libélula nos toca, ela traz vários significados, mudanças, transformações, renascimento, alegria, sorte… Uma libélula cor de âmbar para dizer o quanto você mudou toda a minha forma de perceber o mundo, quando me tocou anos atrás.

Fiquei sem palavras... Ele havia feito uma tatuagem por minha causa, e o que eu estava fazendo agora? Não posso envolvê-lo em toda a minha confusão, não é justo. Afastei-me devagar, sentando-me novamente.

— Preciso ir — falei, sem encará-lo.

— Fique — pediu, pegando meu queixo para que o encarasse.

— O que estamos fazendo, Noah? Não é justo, não posso te envolver novamente em toda a merda que estou vivendo. Não é justo.

— Amber, eu decido o que é justo ou não para mim.

— Eu preciso ir — falei, pegando meu celular do chão e saindo.

***

Quando cheguei ao campus, saí correndo pelos lances de escada para chegar ao meu quarto. Precisava tomar um banho e me trocar. Destranquei as várias fechaduras da porta e entrei, dando de cara com Sebastian sentado em minha cama.

— Sebastian? O que faz aqui? Como entrou? — perguntei, assustada.

— Fiz as cópias das chaves naquela manhã. Sempre tive sua chave, achei que gostaria que eu tivesse as novas — respondeu ele, como se tudo estivesse normal, enquanto caminhava para me dar um beijo.

— Isso é ótimo, poupou-me tempo. Obrigada por fazer isso — falei, tentando parecer tranquila.

— Onde estava? Deveria ter chegado da terapia há duas horas.

— Tive que resolver algumas coisas — respondi, pegando meu celular para pedir à Alisson que me ligasse, mas antes de conseguir digitar, Sebastian o pegou da minha mão.

— O que você queria conversar? — perguntou, puxando-me pela cintura com uma das mãos e tirando do meu rosto uma mecha de cabelo.

— Nada muito importante... estou cansada, preciso tomar um banho agora. Podemos conversar depois? — perguntei, colando meus lábios nos dele e saindo em seguida dos seus braços.

Ele me olhava com raiva. Eu conhecia aquele olhar, era o mesmo olhar que meu pai usava com a minha mãe quando era contrariado.

— Por que a pressa, Amber? — questionou, olhando para o meu celular enquanto tocava.

— Preciso encontrar a Alisson. Pode me dar meu celular, por favor? — perguntei.

— Onde você realmente estava?

— Já disse que estava resolvendo algumas coisas.

— Com seu *traficantezinho*, Noah? Era lá que estava, não era?

— Pare de olhar meu celular — falei, enquanto tentava pegar o celular de sua mão, mas ele foi mais rápido. Sebastian pegou a minha mão com força, levantando-se da cama e me puxando, fazendo meu corpo bater contra o seu com força. Tentei me desvencilhar, mas, de imediato, Sebastian jogou o celular sobre a cama e, com a mão livre, apertou meu pescoço, empurrando meu corpo contra a porta.

— Ah, Amber, não brinque comigo. Não sou um brinquedo que você usa e, quando enjoa, joga fora.

Estava difícil respirar. Ele havia perdido o controle. Bati em sua mão para alertá-lo de que estava ficando sem ar, mas ele só acordou quando ouviu batidas na porta.

— *Amber, já estou perdendo a paciência. Está tudo bem?*

Sebastian se afastou, deixando-me livre para abrir a porta.

— Oi, amiga — falei, ofegante, abrindo a porta o suficiente para que visse Sebastian.

— Ah, fala sério, vocês estavam fodendo enquanto eu te esperava? — perguntou, virando-se para sair, irritada. Alcancei seu braço, puxando-a para dentro.

— Sebastian estava de saída, não é mesmo? — falei, olhando para ele.

— Sim — concordou, levantando-se e saindo.

— É assim: come e vai embora, sem nenhum beijinho. — Alisson gritou de forma irônica enquanto trancava a porta.

Fiquei quieta, passando a mão no pescoço.

— Amber, o que estava acontecendo aqui?

— Nem eu sei. Quando me ligou, ainda não havia chegado ao campus, e, quando entrei no meu quarto, ele estava na minha cama.

— Qual a surpresa?

— A surpresa é que eu não dei as chaves pra ele depois que mudaram as fechaduras. Ele fez as cópias sem me falar nada.

— Certo, ele deveria ter pedido antes, mas qual o problema de ele ter as chaves?

— Sebastian tem agido estranho; muitas vezes até parece outra pessoa.

— Como assim, Amber?

— Ele estava fora de controle, não sei o que aconteceria se você não aparecesse. Ainda sinto suas mãos no meu pescoço.

— Se quiser, podemos ficar por aqui hoje.

— A última coisa que quero é ficar aqui. Amanhã chamarei o chaveiro. Pode pedir o Uber enquanto passo uma água no corpo.

— Para onde vamos?

— Pensei no Scarlett Green, o que acha?

— Ótima escolha. Agora, seja rápida.

Se não fosse Alisson, não sei o que poderia acontecer. Precisava acabar logo com isso. Depois do banho, enquanto me vestia, tentei afastar tudo isso da minha cabeça. A noite foi agradável, pelo menos naquelas poucas horas, e consegui focar na minha amiga, esquecendo tudo de ruim.

Chamamos um carro pelo aplicativo para que nos levasse embora. Quando chegamos ao campus, eu sentia calafrios. Ela desceu primeiro, pois seu bloco era logo no início. A verdade é que eu estava morrendo de medo de voltar para o meu quarto, mas Alisson dividia seu alojamento com outra estudante, o que me impedia de dormir lá.

— Moço, será que podemos fazer uma nova corrida para este endereço? — perguntei, enquanto mostrava a ele o endereço no meu celular.

— Claro, basta você fazer o pedido pelo aplicativo novamente.

— Certo, só um momento.

Quando chegamos ao destino, desci e observei o Uber se afastar, torcendo para que Noah estivesse em casa. Fui até a porta e bati duas vezes, mas ninguém atendeu. Onde estava com a cabeça? Era óbvio que Noah não estaria em casa, pelo menos não nessa hora, e, para piorar, meu celular ficou sem bateria. Dei a volta na casa, tentando abrir alguma janela, mas estavam todas trancadas. Voltei para a varanda e sentei-me nos degraus da escada. Estava alcoolizada, sem bateria e longe de casa. Encostei minha cabeça no pilar da varanda e fechei meus olhos; não era a minha intenção, mas acabei apagando ali mesmo.

Acordei com a minha cabeça latejando e, quando abri os olhos, pude ouvir a voz de Noah. Eu estava no sofá da sala.

— Você está fedendo a álcool. Quanto você bebeu para eu te encontrar dormindo na minha escada?

— Não muito, na verdade. O que aconteceu foi que minha bateria acabou e não tinha como voltar para o campus. Onde você estava?

— Fui à festa de um amigo.

— Ah — falei, levantando-me.

— Quer comer algo?

— Que horas são?

— Ainda é madrugada, devem ser duas horas. Acabei de chegar.

— Isso quer dizer que dormi pelo menos duas horas na varanda.

Noah soltou uma risada e o encarei com uma careta.

— Pode me levar para casa? — perguntei.

— Você não veio até aqui só para cochilar na minha varanda e ir embora, né? O que te fez voltar?

— Quer saber de verdade?

— Sim.

— Não sei, mas não deveria ter voltado, deveria ter te bloqueado quando pediu.

— Agora é tarde demais. Quero que volte, volte sempre que quiser.

— Não é certo, Noah. Não é justo.

— Eu sei que não. Você não quer me envolver em tudo o que está vivendo, seja lá o que for, e eu não quero trazer você para minha vida outra vez, não quero que faça parte deste mundo, mas não consigo deixar você ir; a não ser que me diga que isso é o que quer.

— Seria o correto, mas não é o que quero.

— Certo. Então, vamos aproveitar o nosso tempo juntos, e quando tudo desmoronar pensamos em como lidar com tudo. Certo?

— Certo.

— Você não me respondeu: quer comer alguma coisa?

— Talvez depois, agora preciso ir ao banheiro.

— A primeira porta à direita. Se quiser tomar banho, tem uma toalha no armário.

— Ok, Noah. Já entendi que estou fedendo.

Aproveitei que estava no banheiro e tomei um banho. Depois, escovei os dentes com uma escova nova que achei no armário. Peguei uma camiseta que estava pendurada atrás da porta, provavelmente usada, mas parecia limpa, e estava com o cheiro dele.

— Satisfeito? — perguntei, saindo do banheiro.

— Muito, essa camiseta ficou bem em você — comentou, olhando-me de baixo para cima.

Quando voltei, acabamos nem falando do motivo que me levou até ali. Ele havia preparado algo para comermos e ligado a TV. Sentei-me, pegando o controle.

— Show Bar? — perguntei, rindo.

— Nem a pau — falou, aproximando-se para pegar o controle da minha mão com a intenção de escolher o filme, mas, ao invés disso, grudou sua boca na minha, envolvendo minha cintura com os braços, unindo nossos corpos e fazendo-me ficar sobre ele. O beijo era visceral. Coloquei minhas mãos em sua nuca, enroscando meus dedos em seus cabelos, enquanto suas mãos passeavam por debaixo da camiseta, tocando minhas costas e, em seguida, meus seios. O toque me fez estremecer. Estava sentada em seu colo com uma perna de cada lado do seu corpo, de forma que conseguia sentir seu sexo rígido contra o meu, que latejava de tanto desejo.

Meu corpo todo pedia pelo seu toque. Levantei meus braços como um pedido para que arrancasse a camiseta, deixando-me completamente nua.

— Você estava sem calcinha? — perguntou, meio que em um sussurro.

— Eu não tinha nenhuma limpa para vestir — respondi, rindo.

— Meu Deus, Amber — falou, tomando um dos meus seios com uma das mãos enquanto beijava minha boca.

Ele estava quase explodindo, e eu queria mais dele. Puxei sua camiseta, jogando-a no chão, e em seguida levei minhas mãos ao cós de sua calça, mas ele interrompeu meu movimento, tirando minhas mãos. Soltei um gemido de frustração. Noah me tirou de cima dele, colocando-me sobre o sofá e ajoelhando-se na minha frente. Seus olhos queimavam de desejo e, em poucos segundos, sua boca estava devorando cada centímetro da minha intimidade. Era impossível segurar qualquer som dentro da minha garganta e, conforme o som saía da minha boca, mais ele se dedicava. Meu corpo reagiu a cada investida, enquanto sua boca tomava meu clitóris. Seus dedos me exploravam e se afundavam em mim com intensidade e num ritmo constante. Minhas pernas tremiam conforme o orgasmo se aproximava e não demorou muito para me desfazer em sua boca, prendendo meus dedos nos fios claros do seu cabelo.

Ele me olhou com intensidade enquanto se afastava para pegar um preservativo. Sem tirar seus olhos dos meus, aproximou-se e enterrou-se em mim devagar, fazendo com que eu sentisse cada centímetro da sua curvatura. Era impossível explicar o que eu sentia naquele momento, vendo tanto desejo em seus olhos.

Da minha boca só saía seu nome, como um clamor para que me tomasse completamente. Era como se estivéssemos conectados, não porque ele estava dentro de mim, mas porque parecia que, ao me invadir fisicamente, invadia também todo o meu ser, e nesse momento não existia nada, nada além de nós dois.

— Quero viver para sempre este momento — falou, diminuindo o ritmo das estocadas para olhar nos meus olhos novamente.

Sem falar nada, alcancei sua nuca, entrelaçando meus dedos em seu cabelo para puxá-lo para mim, colando meus lábios nos seus, como se aquele beijo tivesse o poder de eternizar o momento, como se fosse possível fazer disso uma rotina. Não levou muito tempo para gozarmos juntos. Respirávamos de forma ofegante, mas não estávamos satisfeitos, queríamos mais, queríamos tudo. Noah deitou no tapete do chão na tentativa de regularizar a respiração.

— Venha aqui — falou, estendendo a mão para que eu descesse do sofá.

Desci lentamente e fui engatinhando até ele para me deitar ao seu lado.

— Não deite — ordenou, levando as mãos na minha cintura. — Sente-se aqui — acrescentou, colocando-me sobre ele, mas não como antes, e, sim, sobre o seu rosto. Sem contestar, fiz o que pediu e sentei na cara dele, mas diferentemente do que ele imaginava, sentei-me de costas, inclinando-me em direção ao seu membro.

— Ah, Amber — sussurrou e se afundou na minha umidade. Sem demora, deixei minha boca contornar cada centímetro do membro rígido à minha frente. Fui delicada e paciente, deixando minha boca deslizar lentamente para sentir cada detalhe de toda a sua expansão, cada centímetro, cada veia saltada. E, quando senti que o limite de ambos se aproximava, levantei-me.

— Não! Volte aqui — reclamou ele.

— Shh — soltei, colocando os dedos em seus lábios num pedido de silêncio. Alcancei outro preservativo e, sem demora, coloquei-me sobre ele, rebolando devagar, até que todo o seu comprimento me preenchesse. Espalmei as mãos sobre seu peito e deixei que nossos corpos se encontrassem no ritmo perfeito, para que, em sincronia, atingíssemos nosso prazer mais uma vez.

Cansada, deixei-me descansar sobre seu peito; era difícil respirar. Não sei quanto tempo levamos, mas, quando adormecemos, o sol começava a sair.

HUGS
not
DRUGS

10

A noite anterior foi incrível. Acordei sobre o peito de Noah, que ainda dormia pesado. Estar aqui era como esquecer que todo o resto existia, mas ainda não sei o que estou fazendo; estou confusa. A única certeza que tenho é de que preciso acabar tudo com Sebastian da melhor forma possível. Ele tem me assustado e, apesar de ser um homem bom, ele já se comportou de forma estranha em outras situações; mas desta vez foi diferente das demais, e posso contar nos dedos as vezes que ele perdeu a cabeça.

Levantei-me devagar para não o acordar e procurei um carregador. Coloquei meu celular na tomada — hora de voltar para a realidade. Enquanto carregava, fui até a geladeira pegar os ingredientes para fazer o café da manhã: torrei alguns pães, fritei alguns ovos e grelhei alguns tomates. Demorei até encontrar tudo na cozinha, mas consegui. Por fim, espremi algumas laranjas, coloquei tudo na mesa e voltei para a sala. Ele ainda dormia quando me joguei em cima dele.

— Você quer me matar?

— Talvez — disse, rindo. — Preparei o café, está com fome?

— Faminto, você sugou todas as minhas energias ontem.

— Então, levante-se, que minha barriga está roncando — pedi, puxando-o para fora do sofá e levando-o à cozinha.

— Amber, posso perguntar uma coisa? — falou, sentando-se na cadeira à minha frente.

— O que quiser — respondi, olhando em seus olhos.

— Sei que tudo está uma bagunça, mas o que tudo isto significa para você? — perguntou, segurando minha mão sobre a mesa.

— Isso tudo o quê?

— Nós dois, a noite de ontem, isto.

— Eu não sei. Como disse, minha vida está uma grande bagunça, mas o que sei é que, ultimamente, você é a minha pessoa preferida. Gosto de estar com você, é como fugir da realidade. Quando estamos juntos, é como se nada mais existisse.

— Prometa-me uma coisa? Um dia você vai me deixar tornar sua realidade tão boa quanto os momentos de fuga e vai me deixar ajudá-la a se livrar de toda essa bagunça.

Meu rosto corou na hora. Não respondi em voz alta, apenas balancei a cabeça, concordando. Terminamos de comer e fui para a cozinha lavar a louça.

— Nada disso, você fez o café, eu lavo a louça depois. Agora, venha fugir da realidade comigo — falou, puxando-me pela cintura até o sofá, onde ficamos aninhados. Nesse momento, não me preocupei com mais nada, apenas curti as horas com ele.

Depois de perdemos a noção do tempo no sofá, entre beijos e conversas, Noah decidiu ir comprar algo para almoçarmos. Aproveitei para tomar um banho e pegar meu celular, que estava cheio de mensagens dos meus pais, questionando por que não fui para casa, como todo sábado;

Alisson, preocupada, pois não respondia desde ontem à noite; Ethan, avisando que vai estar de folga no fim de semana; e Sebastian, pedindo desculpas, todo arrependido.

ALISSON

Amiga, desculpe a demora, é que não quis dormir no campus e vim para casa. Mais tarde nos falamos.

MAMÃE

Mamãe, tenho alguns trabalhos para terminar, irei no próximo.

ETHAN

...

Pensei mil vezes no que responder para ele, mas a verdade é que, quando estou com Noah, não sei o que sinto por Ethan. É como se ele voltasse para o passado, para a Amber de quinze anos. Mas me forcei a responder:

Isso é ótimo, mas estou cheia de trabalhos para fazer.

Eu amo o Ethan, mas está tudo tão confuso na minha cabeça; preciso me distanciar para pensar, caso contrário, vou ficar pulando de pau em pau. É difícil tomar decisões quando se é criada por um pai extremamente autoritário e uma mãe totalmente submissa. Por isso, preciso pensar com calma para fazer a melhor escolha. Às vezes parece que não existe nenhuma escolha, e isso tudo é uma fuga eterna, como se eu já soubesse o que quero, mas não quero admitir por medo de me machucar.

Agora não tinha mais como fugir, era hora de abrir as mensagens do Sebastian.

SEBASTIAN

Amber, acho que perdi a cabeça, sei que o que fiz foi errado, mas estou com tanto medo de te perder que perco a razão. Isso está me matando, eu te amo tanto. Perdoe-me, por favor.

Está tudo bem, Sebastian, mas acho que preciso de um tempo, um pouco de espaço para pensar e decidir o melhor. Não quero que ninguém saia machucado. Preciso que você entenda e respeite.

Depois de responder a todas as mensagens, fiz questão de desligar o celular e esquecer o mundo. Não demorou muito para Noah voltar com o almoço.

— Trouxe uma torta assada de ensopado de frango e, para a sobremesa, tortinhas de maçã.

— Acertou na mosca, adoro tudo — falei, abrindo um sorriso.

Após o almoço, sentamos no sofá e ficamos ali sem fazer nada, apenas conversando, falando do passado, de coisas que fizemos ou deixamos de fazer.

— E para o futuro, o que você quer? — perguntei.

— Sinceramente? Ter você por perto. Com a vida que eu levo, nunca tive muita perspectiva na vida, mas quando estou com você, consigo pensar em um futuro.

— Noah, eu não pretendo me afastar; deveria, mas não vou — falei, tocando seus lábios com os meus.

Continuamos conversando entre beijos e, quando caiu a noite, decidi que precisava voltar ao campus e pensar na minha vida.

— Acho que preciso ir — disse, deitada sobre seu peito.

— Ah, não, fique esta noite... por favor?!

Olhei para ele com aquela cara de cachorro pidão.

— Fica, vai...

— Tá bom, mas amanhã cedo vou embora. Tenho que voltar para a realidade de vez em quando.

11

A noite foi maravilhosa, nos divertimos muito. Quando acordei, peguei meu celular e o liguei. Quase que instantaneamente ele começou a tocar, como se a pessoa estivesse me ligando sem parar até conseguir. Era Sebastian. Recusei a chamada, mas em questão de segundos ele voltou a ligar. Não importava quantas vezes eu recusava, ele continuava ligando. Recolhi minhas coisas, escrevi um bilhete para Noah e saí. Já lá fora, atendi.

— Oi, Sebastian.

— Onde você está?

— Estou na casa dos meus pais.

— Não, não está, liguei para lá.

— Você o quê?! Como você conseguiu o número da minha casa e o que deu na sua cabeça para ligar lá?

— Precisamos conversar, agora!

— Agora não vou conseguir, preciso de um tempo, e quando chegar a hora, vamos conversar e resolver tudo da melhor forma.

— Eu não entendo por que precisa de um tempo. Você sabe que deve me escolher, sabe que sou a melhor escolha, não pode me rejeitar.

— Sebastian, por favor, só me dê um tempo. Se quer que eu te escolha, mostre-me que sabe ser paciente.

— Tudo bem, eu te amo, Amber, não posso te perder. Você precisa me escolher — falou, esperando um retorno.

— Até mais, Sebastian.

Assim que desliguei a chamada disquei o número de um chaveiro 24 horas. Solicitei o serviço e marcamos um horário. Pelo menos, Sebastian parecia ter aceitado me dar um espaço. Solicitei um carro pelo aplicativo e fui direto para o campus. Entrei no meu quarto, abrindo a porta bem devagar e olhando bem antes de entrar para ter certeza de que Sebastian não estava lá. Respirei com tranquilidade quando não o vi, mas notei que minha cama não estava como eu havia deixado: o travesseiro estava no chão, como se alguém o tivesse jogado, e o edredom estava jogado sobre o colchão. De fato, alguém esteve aqui, e eu posso apostar meu dedo mindinho que foi o Sebastian.

Precisava de um banho e de roupas limpas. Coloquei minhas coisas sobre a cama e liguei a torneira para que a banheira enchesse. Liguei minha Alexa, pedindo a minha playlist preferida. A primeira música não podia ser melhor: Halfway Gone, Lifehouse. Entrei na água quente e deixei-me relaxar. Devo ter ficado quase uma hora dentro da água e, quando saí, sequei-me, enrolando a toalha no corpo. Quando abri a porta do banheiro, dei de cara com Sebastian encostado na porta de entrada no quarto. Já está virando rotina sair do banheiro e dar de cara com alguém no meu quarto.

— O que faz aqui?

Ele não falou nada. Seu rosto estava sério e seus olhos transbordavam uma emoção que eu não conseguia descrever — seja lá o que for, não queria descobrir. Depois de um instante me encarando, ele começou a andar em minha direção. Estava parada na porta do banheiro e, assim que percebi seus movimentos, entrei no banheiro e tranquei a porta. No mesmo instante, ele bateu com força contra a porta.

— Amber, abra a porta. Abra essa porta, Amber! — falou, com a voz mais firme, batendo com força na madeira.

— Sebastian, você está me assustando!

— Você está com medo de mim, Amber?

Fiquei calada. A verdade é que estava morrendo de medo e, para foder um pouco mais, havia deixado meu celular em cima da cama. Sebastian estava fora de controle, como se pensar em ser rejeitado fizesse virar uma chavinha em sua cabeça, fazendo-o surtar. Eu não conheço esse homem que está batendo na porta, acho que nunca o conheci de verdade.

— DIGA, AMBER, VOCÊ ESTÁ COM MEDO?!

— Vá embora, Sebastian!

— Você é minha, Amber, lembre-se disso. Minha e de mais ninguém! Você não vai me deixar! — disse, socando a porta. — Desde que ele voltou, você vem se esquivando. Você não pode simplesmente acabar com tudo, nós tínhamos planos.

Meu coração estava acelerado; parecia que a qualquer momento iria cuspi-lo para fora.

— Abra a porta, Amber, eu te amo. Vamos resolver isso juntos. Eu não vou te machucar, por favor — falou, seguido de um longo suspiro. — ABRA A PORTA, AMBER! — Ele estava descontrolado, sua voz oscilava, e pareciam duas pessoas diferentes; ora calmo, ora explosivo.

Ele batia freneticamente na porta, e a qualquer momento iria derrubá-la. Eu já não conseguia mais segurar o choro na garganta quando falei:

— Eu vou abrir a porta, mas você precisa se acalmar; está me assustando.

— Eu nunca vou te machucar, Amber. Seja boazinha, vamos conversar.

— Tudo bem, pode pegar um copo de água para mim? Acho que me descontrolei, preciso me acalmar também para te ouvir. Você pode fazer isso?

Quando ouvi ele se afastar da porta, destranquei-a e saí correndo em direção à porta de entrada, mas, antes que conseguisse sair, ele me puxou pelos cabelos. Meu corpo deu um solavanco violento, e ele segurou com mais força, até sua mão estar presa à minha nuca.

— Droga, Amber! — falou ele, tacando o copo de água contra a parede.

— Sebastian, por favor! — clamei, chorando.

— Ah, Amber, eu te amo tanto... — disse, esfregando seu rosto no meu pescoço. — Eu sei que você pode me amar, Amber, seja uma boa garota.

— Eu acredito nisso, eu acredito que posso amar você, mas, para isso, você precisa me soltar, porque agora a única coisa que sinto é medo. Eu estou com medo de você, Sebastian, e eu não quero sentir medo.

Ainda segurando meu cabelo, ele me guiou até a cama. Sebastian empurrou-me de forma que eu caí deitada, de barriga para cima, e ele deitou-se sobre mim na tentativa de me beijar. Virei o rosto, mas ele me apertou mais contra sua boca. Uma das mãos estava em meu pescoço, enquanto a outra abria minha toalha. Em seguida, ele abriu as calças, deixando somente seu membro rígido para fora. Isso o excitava, e ele iria me violentar; isso só me fez pensar que a última vez com ele não foi imaginação minha. Não havia a possibilidade de eu estar drogada, não hoje.

— Sebastian, por favor, pare, está me machucando! — falei quando ele introduziu com força seu membro em meu interior.

Meu choro saiu mais alto do que o esperado. Eu estava desesperada, não sabia o que fazer. Ele apertava meu pescoço com força, e poderia me matar, se quisesse.

— POR FAVOR, SEBASTIAN, PARE!!! — gritei, enquanto chorava.

Para minha sorte, segundos depois a porta foi aberta, e do outro lado estavam o chaveiro e mais três universitários, que avançaram para cima dele, derrubando-o para imobilizá-lo.

— Está tudo bem, enrole-se aqui — falou o chaveiro, um senhor já de idade, com cabelos brancos; o homem que havia me salvado.

Enquanto os alunos seguravam Sebastian no chão, a polícia chegou, dando voz de prisão a ele.

— Você está preso por invasão e tentativa de estupro — ouvi o oficial dizer. Eu não fazia ideia de quanto tempo havia se passado ou quanto as pessoas haviam escutado, e também não sei quem chamou a polícia e como eles chegaram tão rápido, mas isso tudo impediu que algo pior acontecesse.

— Amber, fale para eles que é um mal-entendido — disse Sebastian, conforme a polícia o levava.

Encolhi-me no momento que ele passou. Não queria nunca mais ter de olhar aqueles olhos.

Em seguida, fui levada ao hospital para fazer o corpo de delito. Tudo que eu queria nesse momento era apagar a cena da minha cabeça, mas agora eu sabia que havia sido violentada mais de uma vez, e tudo que pensava era em como havia sido boba por não ter percebido tudo o que estava acontecendo. Em partes, era minha culpa; como eu pude ser tão iludida por ele?

Pedi a uma das enfermeiras que ligasse para Liz. Informei o número a ela, que prontamente o anotou. Não levou muito tempo para minha terapeuta chegar, e bastou vê-la para que eu desmoronasse. Deixei que o choro saísse sem receio de quem o ouviria. Liz, em sua forma mais humana, acolheu-me em seus braços. Parece estranho, mas, muitas vezes, vemos o psicólogo como uma máquina sem emoções. Mas a verdade é que, para acolher um ser humano, é necessário ser muito humano; e Liz não pecava nesse sentido. Contei tudo a ela, cada detalhe que me corroía por dentro. Essa não foi uma sessão comum. A dor da violência estava me matando — não só meu corpo havia sido violentado, mas todo o meu ser.

— Liz, sinto-me tão culpada, como não percebi?

— Amber, você não tem culpa alguma, você é a vítima. O único culpado aqui é ele.

— Mas estava na minha cara, não confiei em mim mesma e me deixei levar pelo que ele falava. Cresci em um ambiente hostil; deveria ter percebido que essa relação estava indo pelo mesmo caminho.

— Pelo contrário, você viveu tanto tempo vendo as atitudes dos seus pais, que realmente é difícil notar quando as coisas estão indo pelo mesmo caminho.

— Não entendo, sempre vi meu pai fazendo o que queria com a minha mãe, sempre achei errado e injusto; como pude aceitar isso?

— Amber, querendo ou não, esse foi o seu referencial de relacionamento, foi isso que lhe foi ensinado. Hoje, você tem consciência de quanto tudo isso é errado, mas cresceu vendo sua mãe ser violentada dia após dia. Inconscientemente, existe a ideia de que "ele nem sempre foi assim", tentando justificar o comportamento agressivo e abusivo do seu pai, fugindo da realidade e tentando se culpar para não ter de aceitar que é vítima de um relacionamento abusivo — falou ela, segurando minha mão. Tudo o que ela dizia fazia muito sentido agora. Quando eu estava mais calma, ela foi embora, mas deixou prescritos alguns medicamentos para que eu pudesse dormir e descansar.

Fiquei dois dias internada por pedido dos meus pais e recusei-me a receber visitas. Ethan tentou de todas as formas que liberassem sua entrada, mas me recusei a olhar em seus olhos; não estava pronta para suas perguntas e seus julgamentos. Sei que ele é um homem bom, mas sei também que gostaria de saber de todos os detalhes. Diria que me avisou e que sabia que havia algo de errado quando viu as marcas em minhas pernas; a verdade é que eu já estava me julgando o suficiente. Só existia uma pessoa que eu gostaria de ver, mas seria impossível recebê-lo sem que ninguém soubesse: Noah. Ele me enviou mensagens, preocupado, assim que ficou sabendo.

Como você está? Acabei de ver o noticiário.

Pior, impossível, mas ficarei bem. Obrigada por se preocupar — escrevi, na intenção de dispensá-lo.

Está podendo comer de tudo?

Que pergunta é essa?

Sei que você não quer falar sobre o que aconteceu e não vou forçar essa conversa, então me fale se está podendo comer de tudo.

Sim, posso comer de tudo. Estou internada a pedido dos meus pais, caso contrário, já estaria em casa.

Certo, estou indo até aí levar aquela torta de carne que você gosta.

Noah, acho melhor não vir, não vou ser uma boa companhia.

E nem deve ser, Amber. Não vou aí para que seja uma garota legal, animada por me ver, mas porque sei que você precisa de alguém agora. Deixe-me ser essa pessoa.

Não respondi, mas não demorou muito para a enfermeira avisar que era o horário de visitas e havia alguém querendo me ver. Eu autorizei sua entrada.

— Espero que esteja com fome, pois acho que exagerei nas compras — falou, colocando algumas sacolas sobre a mesa de cabeceira.

Não consegui responder, pois, assim que olhei em seus olhos, os meus se encheram de lágrimas e os soluços brotaram da minha garganta.

— Está tudo bem — afirmou, pegando-me em seus braços, enquanto deitava ao meu lado na cama.

Não sei quanto tempo ficamos dessa forma, não falamos nada, mas era como se falássemos milhares de coisas sem dizer sequer uma palavra. Só nos afastamos quando a enfermeira abriu a porta para notificar o fim do horário de visitas. Noah se levantou e se despediu com um beijo na testa.

— Ligue-me se precisar e coma toda esta comida — falou, com um meio sorriso.

Assim que a porta se fechou, consegui me levantar para olhar o que havia nas sacolas. Levei um susto com o barulho da porta se abrindo atrás de mim e, como um reflexo, coloquei as mãos na cabeça e me abaixei, como se sentisse que quem entrava era Sebastian.

— Amber, está tudo bem. Sou eu, o Ethan.

Demorei alguns segundos para conseguir me levantar.

— O que está fazendo aqui?

— Você proibiu as visitas, mas Noah estava aqui.

— O horário de visitas acabou, Ethan.

— Não preciso de horário de visitas, entrei como policial investigador. Precisamos falar sobre o que aconteceu.

— Não passou pela sua cabeça que o fato de eu não querer receber visitas é porque não quero falar sobre o que aconteceu?

— Amber, eu só quero cuidar de você. Sabe como me sinto sabendo que poderia ter evitado isso?

— Não, Ethan, você não poderia ter evitado nada disso, nem tudo é sobre você e o que você poderia ou não ter feito. Por favor, vá embora.

— Amber, sabe que uma hora vai precisar falar — disse, aproximando--se.

— É exatamente por isso que deixei Noah entrar: ele é a única pessoa que entende e respeita o fato de que não quero falar sobre nada. Gostaria de reservar o meu direito de não falar nada agora. Vá embora, Ethan — pedi, deitando-me na cama. Ele concordou com a cabeça.

— Tudo bem — disse, saindo do quarto.

Muitas vezes nossas feridas nos fazem ferir quem amamos. Sei que Ethan está preocupado, que quer me proteger e me ajudar, mas não percebe que, ao tentar forçar esse diálogo, me machuca ainda mais. Não preciso de ninguém interessado nos detalhes, mas alguém disposto a ouvir o meu silêncio.

***

Não demorou muito para todo o campus saber do ocorrido e o rosto de Sebastian estar em todos os noticiários. Achei que teria paz após a sua prisão, mas meu telefone não parava de tocar com algum repórter querendo saber mais sobre o caso.

Meus pais conseguiram um afastamento das aulas e do campus, e agora eu estava de volta em casa, vivendo meu inferno pessoal. Era como se eu voltasse a ter dezesseis anos e estivesse me afundando. Eles não perdiam a oportunidade de dizer como eu estava estragando meu futuro, envergonhando a família novamente, que não bastava ser a filha drogada e suicida, eu precisava arrumar algo a mais para sujar a imagem impecável do meu pai. Sem falar em Luke, que agora tinha mais um motivo para me encher o saco, falando como gosto de foder a família. Percebi que todos estão mais vigilantes, como se esperassem por uma recaída. Meus remédios eram regrados, dados pela minha mãe nos horários certos. Até mesmo Alisson estava preocupada.

A cada dia me sentia mais sufocada, como se usasse uma máscara constantemente; máscara essa que me fazia ser outra pessoa e me impedia de respirar. Confesso que o celular era o meu melhor amigo. Ficava deitada esperando a aula da Alisson terminar para chamá-la para vir em casa, já que sair não era uma opção, mas a hora não passa quando a gente não tem o que fazer.

Deixei meu celular de lado e tentei voltar a dormir, mas era impossível — estava muito ansiosa. Finalmente, escutei uma mensagem chegar. Peguei o aparelho para ver e, para minha tristeza, era mensagem da operadora. Meu Deus, eu só queria alguém para conversar sobre qualquer coisa que não fosse meu drama pessoal. Rolei o dedo para cima e para baixo, olhando meus contatos para escolher a próxima vítima do meu tédio.

Desde que saí do hospital, não falei com Noah. Ele até me mandou mensagem, mas não queria arrastá-lo para tudo isso outra vez. Sinto falta dele, falta de sair da realidade.

O que acha de me tirar pela janela como nos velhos tempos? — enviei, na esperança de que ele visse.

Onde você está? — respondeu ele, na hora, como se estivesse esperando minha mensagem.

Cárcere privado dos Davies, haha.

De volta aos velhos tempos, haha.

Por favor!?

Em quinze minutos estarei aí.

As coisas com Noah eram sempre tão simples... Com ele, não tem tempo ruim. Peguei meus travesseiros e fiz como antigamente: coloquei-os debaixo do cobertor, tranquei a porta e abri a janela. Minutos depois, vi Noah estacionar nos fundos da minha casa. Pulei a janela e corri.

— Ah, graças a Deus! Eu ia morrer se ficasse mais um minuto presa nessa casa.

— O que quer fazer agora?

— Sei que está cedo, mas uma tequila cairia muito bem — falei, rindo.

— Seu pedido é uma ordem. Coloque o cinto.

— Nossa, um homem que segue a lei.

— Engraçadinha — disse ele, forçando uma risada.

Chegamos a uma casa bem diferente da última.

— De quem é esta casa? — perguntei.

— Minha.

— Uau! É linda! — comentei, encantada com a organização e o cuidado que havia naquela casa. Não era nada parecido com uma casa de família. Estava mais para um espaço de descanso, com um grande sofá na sala de entrada, uma decoração discreta, alguns abajures e uma mesa de centro vazia.

— Fique à vontade, vou preparar sua caipirinha.

— Vai beber comigo, né?

— Algo me diz que alguém precisa ficar sóbrio por aqui — falou, rindo.

Fiz uma careta e sentei-me no sofá, pegando o controle para escolher algo para vermos.

— Pelo amor de Deus, tudo, menos Show Bar — gritou da cozinha.

— Ah, droga, só porque ia escolher esse! — falei, rindo.

— Eu perdi as contas de quantas vezes precisei ver esse filme por sua causa.

— Fala a verdade, no fundo, você gosta.

Após alguns minutos olhando todos os filmes disponíveis, Noah apareceu com o copo cheio de caipirinha.

— Você comeu alguma coisa hoje? — perguntou.

— Ainda não, não estou com fome.

— Vá até a geladeira e ache algo para comer, caso contrário, não vai tocar neste copo.

— Quando foi que você virou um velho rabugento?

— Desde o momento que percebi que me importo mais do que imaginava com você.

Naquele momento, senti minhas bochechas queimarem. Levantei-me e fui até a cozinha. A geladeira estava cheia de coisas saudáveis, como frutas e verduras. Finalmente, encontrei um peito de peru e montei um sanduíche.

— Quem mora nesta casa? Sua avó?

— Por que a pergunta?

— Foi muito difícil encontrar algo que não fosse totalmente saudável na geladeira — disse, enquanto me sentava ao seu lado no sofá.

— Amber, eu vendo drogas, não as uso. Acho que ver as pessoas se maltratando faz com que eu queira cuidar de mim.

— Entendi. Sei que já perguntei isso, mas por que não larga essa vida? Responda sinceramente.

— É complicado, perdi muito tempo da minha vida com isso. Agora, tenho quase trinta anos, e o que sei fazer além de vender drogas? Além disso, não é tão fácil assim sair do esquema; sempre haverá a preocupação de que quem sair vai dar com a língua nos dentes. Muitas vezes é um caminho sem volta, e eu sabia disso quando decidi fazer parte desse mundo.

— O que fez você entrar nessa?

— A necessidade. Ver meus irmãos chorando de fome me matava. O vagabundo do meu pai gastou todo o dinheiro e perdeu nossa casa no jogo, minha mãe adoeceu assim que ele se mandou. Ela tentou se matar umas três vezes, então, fiquei sem saída. Precisava de dinheiro para interná-la em uma clínica e precisava alimentar meus irmãos. Eu tinha só dezessete anos, Amber. Não tinha muito o que fazer.

— Eu sinto muito, Noah. Onde estão seus irmãos e sua mãe agora?

— Com o dinheiro que ganhei, consegui pagar a clínica dela. Hoje ela conseguiu se reerguer, meus irmãos estudam em boas escolas e não falta nada na casa deles, porém, quase não os vejo. Depois que minha mãe melhorou e conseguiu um bom emprego, ela pediu a mim que largasse essa vida, mas já era tarde demais. Quando me recusei a sair, ela pediu para que eu me afastasse.

— Foi por isso que você cuidou de mim naquela época?

— Eu não tinha ninguém, Amber. Você veio como um sopro de ar, e eu consegui voltar a respirar; eu sabia que, se eu não desse o que você queria, você iria encontrar em outro lugar, e eu não queria perder mais ninguém.

— E por que me deixou ir?

— Não era justo com você, não podia deixar que entrasse nessa vida. Por mais que doesse ver você sair da minha vida, eu sabia que era o melhor. Você tinha que sair antes que fosse tarde demais. Então, quando decidiu terminar, eu não insisti.

— Eu estava perdida, Noah. Uma hora eu faria com que você acertasse minha cabeça com uma bala e sabia que isso não era justo com você. Já tinha seu fardo para carregar, eu não poderia ser mais um — falei, deitando minha cabeça em seu peito, e assim ficamos por vários minutos, sem dizer nada. Ele me prendeu em seus braços como se tivesse medo de que esse momento acabasse. Fechei meus olhos e me deixei sentir o cheiro da sua pele. Seu coração estava acelerado, conseguia senti-lo a cada pulsão; ouvir seu coração bater freneticamente fez com que o meu acelerasse também.

Aquele momento era bom demais para ser verdade — não queria que acabasse. Noah é a única pessoa que me vê como realmente sou. Com ele, não preciso fingir ser ninguém além de mim mesma.

12

Não sei quanto tempo ficamos aninhados em completo silêncio. De repente, levamos um susto ao ouvir meu celular tocar. Demorei um pouco para me permitir sair de seus braços para alcançar meu telefone e recusar a chamada. Ligaria para Alisson depois, mas, ao recusar a chamada, logo caiu outra e mais outra, até que Ethan começou a me ligar. Não sei se aconteceu alguma coisa ou se descobriram que saí com Noah. Precisava atender a ligação, caso contrário, o resto do meu dia seria um inferno.

— Ethan?

— *Amber, onde você está?*

— Em casa — respondi, levantando do sofá, indo em direção à cozinha.

— *Não minta para mim.*

— O que te leva a pensar que estou mentindo?

— *Estou na sua casa.*

— Merda, estou na Alisson, não falei antes, pois sei que não iam me deixar sair.

— *Alisson também está aqui, Amber. Onde você está?*

— Eu só saí, tá ok? Precisava de ar, vocês estão me sufocando.

— *Me diga onde está, estou indo te buscar.*

— Não preciso que me busque.

— *Sim, você precisa.*

— Não, eu não preciso, estou bem, e segura.

— *Como não pensei nisso antes? Você está com aquele traficantezinho! Não saia daí, estou indo te buscar.*

— Eu não preciso de toda essa proteção, está parecendo o Luke.

— *Amber, não saia daí. Passe o telefone para o Noah.*

— O que quer falar com ele?

— *Passe para ele, Amber!* —disse ele, com a voz séria.

Entreguei o celular para Noah, fazendo um gesto com as mãos para dizer que também não estava entendendo. Assim que ele pegou o aparelho, escutou atentamente o que Ethan falava.

— *Noah, Sebastian conseguiu fugir da prisão. Ainda não sabemos como, mas suspeitamos que alguém o tenha ajudado. Não há vestígios de arrombamento, buracos, nem nada do tipo. O que nos preocupa agora é que ele provavelmente está indo atrás da Amber.*

Não ouvi o que conversaram, mas Noah virou outra pessoa, fechou a casa e tirou uma arma da gaveta da estante enquanto ouvia.

— O que está acontecendo? — perguntei, quando ele desligou a chamada.

— Sebastian fugiu, e provavelmente virá atrás de você.

— Como podem ter tanta certeza?

— Amber, o cara é um sádico sexual, e com certeza você não foi a primeira vítima. Quanto à fuga, tudo indica que ele teve ajuda, pois nenhum dos oficiais responsáveis por ele sabe explicar como foi que ele fugiu. Isso não me surpreende, homens como ele são inteligentes e sempre carregam uma carta na manga.

— O que vamos fazer agora? Não posso viver presa para sempre.

— Nós vamos resolver isso.

Alguns minutos depois, ouvi uma buzina. Noah saiu para conferir e voltou para me buscar. Aproximei-me dele para dar um beijo em seu rosto e demorei mais do que o esperado. Passei o dia todo tentando evitar sua boca, e conforme deixava meus lábios tocarem sua pele, arriscava todo o sacrifício. Eu sabia que não devia, mas eu queria. Nesses poucos segundos, nossa respiração falhou várias vezes, até que, com um pequeno movimento, ele virou, fazendo com que seus lábios encontrassem os meus. Levando uma das mãos à minha nuca e a outra à minha cintura, ele me puxou para perto e sua língua pedia passagem. Eu me deixei levar pelo desejo de sentir o seu gosto — e foi, de longe, o melhor beijo que já dei na minha vida. De repente, escutamos a buzina soar novamente.

— Preciso mesmo ir?

— É o melhor a fazer. Qualquer coisa, me ligue, vai ficar tudo bem.

Dei uma última olhada para Noah e percebi que a caipirinha ainda estava em cima da mesa. Saí de lá com o coração apertado.

— O que estava fazendo com esse cara? — Ethan perguntou assim que entrei no carro.

— Estava tentando ser uma pessoa normal.

— Você está pensando só em você, está sendo egoísta. Todos ficamos preocupados.

— E quem é você para falar sobre não pensar nos outros? Já esqueceu do que fez? — perguntei, com amargura; queria machucá-lo, estava com raiva.

— Do que está falando? Alisson te contou alguma coisa?

— O que Alisson teria para me contar?

— Oh, merda! — disse ele, fechando os olhos.

— As coisas acabam de ficar melhores: além de um "namorado" mentiroso, tenho amigos mentirosos também.

— Como soube?

— Não quero mais falar sobre isso, já é o suficiente.

— Amber...

— Leve-me logo para casa.

Por mais que entenda o que o levou a tomar aquela decisão, eu queria machucá-lo. Nesse momento, queria magoá-lo. A verdade é que pensar em Sebastian solto doía, era como se o culpasse por não o deixar preso, mesmo sabendo que não havia nada que ele pudesse fazer. O tiro saiu pela culatra quando descobri que Alisson sabia e não me falou nada, mas conheço Alisson, ela não tiraria a responsabilidade de Ethan. Ele precisava me contar, mas, mesmo assim, doeu saber que ela sabia.

Quando chegamos em casa, desci rápido do carro, encontrando meus pais logo na entrada, ambos me olhando com julgamento.

— Ok, não precisa falar nada. Agora, vou entrar, minha cabeça está doendo. E, você, venha comigo — falei, apontando para Alisson, que estava logo atrás deles.

— Agora que estamos no seu quarto, pode me explicar o que deu na sua cabeça? Desde quando está se relacionando com Noah?

— Desde aquele dia que deixei minha carteira na casa dele.

— Vocês não se encontraram por acaso naquele dia, né?

— Não, eu estava confusa, precisava de alguém que não me julgasse ou me olhasse com esse olhar que você está agora. Noah é um cara legal, de coração bom, que acabou entrando em um caminho errado. E não, ele não está me fornecendo drogas.

— E o Ethan, como fica nessa história?

— Eu não sei, tá bom?! Não sei. É como se ele esperasse que eu fosse a menina de quinze anos que se entregou para ele, mas eu não sou mais aquela pessoa, assim como ele também não é. Eu só queria, por um momento, poder ser eu mesma sem precisar fingir qualquer coisa.

— Você pode fazer isso comigo, sabe disso.

— Não, Alisson, não sei, pois, desde que Ethan voltou, tudo começou a girar em torno dele, e sinto que se eu não ficar com ele você e todos os outros vão me julgar, pois passei por toda aquela merda por amá-lo.

— Amber...

— Deixe-me terminar. Eu amo o Ethan, amo como jamais vou amar ninguém, mas amá-lo dói. O amor não deveria doer. Quando o vi no dia do meu aniversário, fiquei deslumbrada com a ideia de tê-lo novamente. Fazer amor com ele foi mágico, foi como voltar a ser adolescente, mas esse é o problema, não sei se consigo amá-lo como mulher. Quando estamos juntos, agimos como se os anos não tivessem passado, é como se eu forçasse toda aquela mágoa a sumir de vez, mas ela não pode ir, pois faz parte de quem sou agora.

— Venha aqui — falou ela, abrindo os braços para me abraçar. — Não tenha pressa, você tem tempo para entender o que sente e o que quer daqui para a frente, e, independentemente da sua escolha, eu vou continuar aqui, do seu lado.

— Por que não me contou que sabia sobre Ethan saber, anos atrás?

— Ele te contou?

— Não, eu já sabia, descobri no mesmo dia que Luke ligou para ele.

— Meu Deus, Amber, por que não me procurou? E, em minha defesa, não te contei porque não poderia tirar esse peso do Ethan.

— E quando soube?

— Há poucos dias.

— Como?

— Deixamos isso para outro dia. Agora, descanse.

Deitei na minha cama com a cabeça a mil, mas acabei adormecendo e, quando acordei, ela dormia ao meu lado. Era tarde da noite, então procurei meu celular para ver as horas, mas não o encontrei em lugar algum. Desci até a sala de jantar e encontrei Ethan sentado com meu celular em suas mãos.

— Ethan, o que ainda faz aqui?

— Seus pais me pediram para ficar pelo menos esta noite para garantir que Sebastian não faria nada. Acho que isto aqui é seu — falou, levantando o celular.

— Obrigada, estava procurando por ele.

— Não se preocupe, não olhei suas mensagens com Noah ou qualquer outra pessoa além do Sebastian. Precisava ver se ele iria te mandar algo ou te procurar.

— Obrigada por ficar — disse, sentando-me na cadeira ao seu lado.

— Amber… — ele começou a falar, mas eu o interrompi.

— Ethan, está tudo bem, eu queria te machucar, por isso falei tudo aquilo. Não acredito em nenhuma das palavras que falei e não quero que acredite também. A verdade é que saber que Sebastian está livre mexeu comigo, e eu precisava descontar em alguém; acabou sendo em você, desculpe-me.

— Você ainda me ama, Amber?

— Como se dependesse disso para respirar.

— E você o ama? Noah?

— Quando estou com ele, sou autossuficiente, não preciso ser completada; sou inteira, sou livre e sou feliz, muito feliz.

— O que isso significa?

— Hoje não, Ethan. Eu não quero falar sobre isso. Ainda estou muito abalada e vou acabar falando besteira. Boa noite — falei, levantando--me. Não estava pronta para essa conversa.

Deixei Ethan e retornei ao meu quarto com o coração a mil. Olhei para o meu celular e, sem pensar, escrevi uma mensagem de texto.

Está acordado?

Ele me respondeu no mesmo minuto:

Estou. Está tudo bem?

Acho que sim, minha cabeça está a mil.

Quer que vá até aí?

Não, Alisson está dormindo aqui.

O que posso fazer, então?

Nada, não precisa fazer nada. Obrigada pelo dia de hoje, Noah.

Noah começou a digitar, mas aqueles três pontinhos nunca paravam de se mexer. Esperei pela mensagem, mas ele simplesmente parou de digitar; fosse lá o que queria falar, desistiu. Deitei minha cabeça no travesseiro e fechei meus olhos, tentando desacelerar e esperando que ele voltasse a digitar.

Quando abri meus olhos, estava no campus. Olhei para os lados, estava escuro e eu não via ninguém, mas de repente um par de olhos surgiu no meio da escuridão. Meu corpo todo tremeu, como se um calafrio percorresse minha espinha — eu conheço aqueles olhos, eles já me devoraram diversas vezes, mas nesse momento eu os queria longe de mim. Tentei correr, mas suas mãos frias me seguraram. Faltava-me o ar quando suas mãos envolveram o meu pescoço. Eu não podia fazer nada, estava sozinha, presa, e ele iria me violentar mais uma vez. Tentei gritar, mas minha voz falhou, então senti duas mãos segurarem meus ombros, sacudindo-me com força. Quando abri os olhos, estava em casa, segura, e as mãos que me seguravam eram as de Alisson tentando me acordar.

— Amber! Amber! Você está bem?

— Tive um pesadelo — disse, respirando aliviada.

— Está tudo bem, estou aqui e vou ficar aqui. Feche os olhos e tente dormir.

Fechei meus olhos e deitei ao seu lado.

— Você está cheirando a laranja.

Alisson não falou nada e decidi não insistir; sei que ela estava cansada e precisava dormir. Virei-me de costas para ela, deixando meus olhos abertos; fechá-los era o mesmo que vê-lo na minha frente, e tudo o que eu queria era que amanhecesse logo. Fiquei vendo minhas redes sociais e algumas postagens aleatórias, que acabaram me distraindo.

Quando a luz do sol começou a entrar pela janela, levantei-me e desci para preparar um café. Ethan já havia saído para trabalhar, e meus pais ainda dormiam. Preparei um café e peguei uma fatia de pão, forçando-me a comer. O meu alívio é saber que hoje Liz virá me atender. Desde que Sebastian foi solto, optamos pelo atendimento em domicílio.

Perdi a noção do tempo, sentada à mesa com meu café, e voltei à realidade quando Alisson desceu correndo as escadas.

— Por que não me acordou?

— Porque é muito cedo ainda.

— Amber, passou das sete, preciso correr para o campus!

A verdade é que a minha rotina estava muito diferente, o que me fazia esquecer de que as pessoas que me cercavam precisavam seguir suas vidas.

— Pegue meu carro — falei, apontando para a parede onde as chaves estavam penduradas.

— Obrigada — disse ela, antes de sair correndo.

Levantei-me e fui para o meu quarto. Precisava tomar um banho antes de Liz chegar. Coloquei a banheira para encher com água quente e, conforme fui me despindo, encarei meu reflexo no espelho. Meu pescoço estava tenso, como se ainda sentisse aquelas mãos em volta dele. Tentei me lembrar de que foi apenas um sonho ruim, mas era muito difícil; meus olhos se encheram de lágrimas. Queria gritar para colocar tudo para fora, mas não podia, faltava-me o ar — só queria que tudo aquilo acabasse. Deixei-me submergir, e a água cobriu todo o meu corpo. Não sei qual foi o momento, mas me deixei afundar, sem reação. Fechei meus olhos como se nada mais existisse e, de repente, fui tirada do fundo da banheira de uma vez. Ao abrir meus olhos, vi meu irmão.

— Amber, o que está fazendo?

Não consegui falar nada, e as lágrimas inundaram meus olhos. Comecei a soluçar com o choro. Luke me olhava sem entender nada e, surpreendentemente, me abraçou forte.

— Vai ficar tudo bem.

— Desculpe-me, Luke, desculpe-me! — falei entre os soluços.

— Está tudo bem.

— Eu estraguei tudo. Como pode dizer que está tudo bem quando, desde sempre, venho atrapalhando a sua vida? Tirei de você tudo que tem valor, seu melhor amigo, sua liberdade, seu direito de sofrer e amar.

— Amber, nada disso é culpa sua. Eu sei que muitas vezes estou te culpando, mas é tudo culpa dele, ele fez isso com a gente. Ter você foi a única coisa que me fez resistir. O fato de precisar te proteger dele me fazia mais forte. — Enquanto falava, abraçava-me mais apertado; sei que ele se referia ao nosso pai. Ficamos alguns minutos assim; o suficiente para que eu me acalmasse e parasse de chorar.

— Liz chegou. É melhor se trocar, vou pedir para ela subir — falou, levantando-se e dando um beijo no topo da minha cabeça, enquanto retirava a tampa do ralo da banheira para esvaziá-la.

Não demorei muito para me trocar e encontrar Liz sentada na poltrona ao lado da minha cama. Só de olhar para ela, o choro voltou, e ela me acolheu no silêncio, sem perguntas, deixando que as lágrimas tomassem seu caminho e que a dor escorresse pelo meu rosto. Quando consegui me acalmar, contei a ela sobre o pesadelo e sobre Sebastian ter fugido.

— Como é para você saber que ele está fora da cadeia?

— É assustador, porque ele se tornou outra pessoa.

— Sebastian foi tirado de sua zona de conforto. Quando vocês começaram a se relacionar, ele percebeu que você aceitava e até gostava de práticas sádicas na cama, e isso o fez se sentir aceito. Ele estava no controle, mas, quando você começou a rejeitá-lo, ele perdeu o controle, e a prática se tornou mais agressiva e não consensual.

— O fato de eu gostar quer dizer que posso ser igual a ele?

— Não, muitos casais gostam de usar essas práticas juntos, sempre com consentimento e segurança. Nesse caso, o prazer não vem de ver o outro sofrer, mas de ver o outro sentindo prazer. No caso de pessoas que possuem uma parafilia, como o sádico sexual, o prazer, muitas vezes, vem por meio da dor e do sofrimento do outro. Nós percebemos isso quando Sebastian se mostrou muito excitado por te machucar, por ouvir você pedir para parar.

— Você acha que ele virá atrás de mim?

— Não temos como saber, pois não sabemos exatamente o que se passa na cabeça dele e quais transtornos ele possui. Temos que ser pacientes e esperar para ver se ele vai te procurar. Sei que isso é uma tortura, mas precisamos ter cuidado. Faz apenas um dia que ele fugiu, então é cedo, mas logo vamos trabalhar para voltar a ter uma vida normal.

— Luke te falou algo?

— Não, o que Luke poderia ter para me falar?

— Ele me encontrou na banheira quando subiu para avisar que você havia chegado. Não sei o que me deu, mas, quando afundei, parecia que tudo havia sumido, era como se quisesse me entregar para aquela sensação.

— Você tem pensado muito nisso ultimamente?

— Em suicídio? Não, acho que não diretamente, mas parece que tudo seria mais fácil para todo mundo.

— E o que te faz acreditar nisso?

— Estão todos preocupados, mudando suas rotinas por minha causa, e tem o Luke. Eu já tirei muito dele, e sua vida seria diferente se eu não estivesse aqui.

— E como pode ter certeza de que seria diferente? Ele ainda continuaria sendo o foco das agressões do seu pai, das quais você não é culpada. Seu pai usa isso para ferir vocês dois, e o mais triste é que não podemos fazer nada. Quando tentei denunciá-lo, informaram-me que ele nunca seria julgado e que as coisas só piorariam para você por ele ter toda essa influência; seu pai sabe como usar o dinheiro a favor dele e, infelizmente, nesse âmbito, muitos se vendem facilmente.

— Fico pensando em tudo por que ele deve ter passado na infância para se tornar esse monstro.

— Nunca saberemos, mas, com certeza, algo o marcou o suficiente para influenciar em toda a sua vida.

— É, às vezes eu queria dar amor a ele, mas ele sempre me afastou, então parei de tentar.

— Infelizmente, para ele deve ser difícil ser amado.

— Talvez ele nunca tenha sido amado por alguém —disse, com pesar.

— Talvez. E como estão as coisas com Ethan?

— Estranhas, mas sinto que estou no caminho certo, apesar de entender que, perto dele, eu volto a me sentir como uma adolescente de quinze anos. Sei que ele me ama e eu também o amo, mas o fato é que não estou pronta para decidir ainda.

— Você tem muita coisa na cabeça agora, só se permita ser amada e cuidada.

Finalizamos a sessão falando sobre a minha rotina atual, já que estou presa em casa. Quando ela se foi, estava mais tranquila, como se um peso fosse levado com ela.

***

Já faz um mês que Sebastian saiu da prisão. Ninguém sabe dele, mas as coisas estão começando a se alinhar. Não ter notícias fez com que todo mundo pudesse relaxar um pouco, menos Ethan, que não se conformava em não saber onde ele estava. Por isso, eu ainda não saía de casa, e quase não ficava sozinha. Deixei meu carro com a Alisson, o que fez com que ela pudesse vir aqui com frequência.

Depois de tudo, Ethan tinha se entendido com a minha família. Meu pai com certeza o aceitou de volta, pois viu vantagem em ter um policial por perto, e por incrível que pareça Luke e eu conseguimos nos aproximar. Fizemos algumas coisas juntos, como ver filmes, ouvir música e conversar; via nele o esforço para mudar, para ser diferente do nosso pai. À noite, quando tinha medo de sonhar, dormia em sua cama; ele me abraçava e me deixava segura. Como eu gostaria que fosse sempre assim...

Algumas noites, Noah entrava pela minha janela para dormir comigo. O engraçado é que realmente ele vinha para dormir. Desde o ocorrido com Sebastian não me sentia à vontade para ter relações, e a paciência e o cuidado que ele tinha eram reconfortantes. Eu sei que isso é o mínimo, e que muitas vezes nós, mulheres, agradecemos por coisas que deveriam ser normais, como ser respeitadas quando não queremos transar.

Estava deitada em minha cama esperando Noah aparecer quando meu celular tocou.

— Oi, Noah.

— Oi, Amber, estou ligando pois tive um problema e não vou conseguir ir hoje. Pode ligar para a Alisson ir dormir com você?

— Ah, estava te esperando, mas não tem problema, eu durmo com Luke. Alisson precisa acordar cedo amanhã.

— Tá bom, qualquer coisa, me liga.

— Tá bom, eu… se cuida, tá?

— Tá. Você também.

Noah estava estranho, mais frio. Levantei-me e fui até o quarto de Luke, mas não o encontrei. Para onde ele foi? Voltei para meu quarto e tentei ligar para Ethan, mas ele não atendeu. Não liguei para a Alisson, pois sabia que ela precisava levantar cedo para as aulas; ir bem na faculdade é importante para ela.

Já sabia que não ia conseguir dormir e também não aguentava mais ficar dentro do meu quarto, então desci para a sala e liguei a televisão. Estava passando uma maratona de Harry Potter. Aproveitando que não ia dormir tão cedo, acomodei-me no sofá e, minutos depois, escutei alguém descer a escada.

— Mãe? O que faz acordada a esta hora?

— Não consigo dormir, estou tão preocupada.

— Sinto muito por te fazer passar por isso. Quer ficar aqui comigo?

Ela não respondeu, mas sentou-se ao meu lado. Olhei para seu rosto e seu olhar era triste — quando foi que ela perdeu seu brilho?

— Mãe, posso perguntar uma coisa?

— Sim.

— Por que nunca largou o meu pai?

— Amber, seu pai nem sempre foi assim. Ele é um homem bom, mas muito amargurado.

— Você é feliz?

Ela demorou para responder.

— Sou. Há dias difíceis, mas sou, sim, muito feliz.

— Mentirosa.

Depois disso, ficamos caladas. Permiti-me deitar em seu colo para deixá-la acariciar meus cabelos; não me lembro de quando foi a última vez que fizemos isso, e era tão bom estar em seus braços que acabei adormecendo.

.Ella.

13

Acordei com o sol batendo no meu rosto. O dia estava lindo, nem quente, nem frio. Sentia falta de sentir o vento batendo em meu rosto enquanto corria. Subi para o meu quarto e encontrei minha roupa de corrida. Estava cansada de ficar trancada, e não podia me esconder para sempre.

Coloquei meus fones ao som de First Time e decidi sair para correr. É tão prazeroso sentir o vento e respirar fora de casa que perdi a noção do tempo. Quando voltei, encontrei Luke na porta, com um olhar preocupado.

— Onde estava? Sabe que não deve sair sozinha, ainda mais sem avisar a ninguém.

— Luke, faz um mês... Ele não me procurou e, pelo jeito, não vai procurar. Nós precisamos viver.

— Não tenho tanta certeza disso.

— Tem alguma coisa que não está me contando?

— É melhor você entrar.

Antes de abrir a porta, coloquei meus braços em volta do seu corpo e o abracei forte.

— Não me lembro da última vez que te vi sorrir. Quero te ver sorrir, Luke. O que posso fazer para tirar um pouco da sua dor?

— Não há nada a fazer, apenas fique bem.

— Eu te amo, Luke, e estou prestes a acabar com uma parte do nosso tormento.

Ele me olhou, confuso, mas não perguntou nada. Subi para o meu quarto, deixei meu celular sobre a cama e fui para o banho.

Não demorei muito, pois estava frio e quase não suei. Quando saí do banho, encontrei Alisson sentada em minha cama; seus olhos estavam vermelhos.

— Estava chorando?

— Não, é apenas uma alergia, como você está?

— Alergia? Alisson?

— Não é nada.

— Por que sempre sou eu jogando as minhas merdas em cima de você e você nunca faz isso?

— Um dia farei, não hoje.

Encarei-a com um olhar de reprovação.

— Como estão as coisas na faculdade?

— Solitárias. Sinto sua falta, e, por mais que me odeie por isso, sinto falta das aulas do Sebastian. O novo professor é de dar sono, você podia ter dormido com outro professor, né?!

— Nossa, como queria ter dormido com outro, ou melhor, com nenhum. Quando foi que imaginei que viveria essa loucura?

— Quando vai voltar? Já faz mais de um mês, e ele não apareceu.

— Tentei falar isso para Luke, mas ele, Ethan e Noah insistem para que eu fique dentro de casa ou sob vigilância se precisar sair.

Alisson não falou nada, mas fez uma careta, revirando os olhos ao se deitar na cama.

— E como Luke tem estado esses dias?

— Sabe como é o Luke, sempre na dele, sem muita conversa. Preocupo-me com ele, mas posso dizer que, em alguns pontos, as coisas melhoraram, e estamos passando mais tempo juntos.

— Acha que ele será como seu pai?

— Como meu pai, não, mas tenho medo de quem ele possa se tornar.

— Acredita que ele pode mudar ou que, pelo menos, quer mudar?

— Acredito que, se houver o desejo de mudar, todos podem.

— É — falou ela, pensativa. Achei estranho, pois Alisson nunca se preocupou com Luke antes, muito menos com quem ele se tornaria no futuro. Acho que tudo isso mexeu mesmo com ela.

— Almoça comigo? Tenho sessão com a Liz agora. Ethan já deve estar me esperando lá embaixo para me levar ao consultório. Pelo menos ela entendeu que não quero, você pode esperar aqui.

— Acho melhor não.

— Ah, por favor, fica. Em uma hora estarei de volta.

— Tááá... — falou ela, ajeitando-se na cama.

Desde a última sessão, voltamos para o consultório. As consultas em domicílio foram úteis, mas já não aguentava mais ficar só em casa. Claro que não me deixam sair sozinha, mas já vale a pena. Hoje, tentei convencer Ethan a me deixar ir sozinha, mas não consegui ganhar a discussão.

— Por que Ethan vai levar você? Luke não poderia fazer isso?

— Sim, mas é a folga de Ethan, e ele insistiu.

— E como vocês estão?

— Não sei, quem sabe descubro na sessão de hoje? — comentei, saindo do quarto.

Quando desci, Ethan estava me esperando. Ainda fico surpresa quando vejo que ele e Luke estão conversando, mas, quando me aproximei, os dois se calaram e Luke saiu.

— Sobre o que falavam?

— Estava perguntando se você havia se comportado — disse ele, rindo.

— E o que ele falou?

— Que foi impecável.

— Hum...

Sua resposta me fez duvidar do que realmente estavam conversando; se ele perguntasse, Luke, com certeza, falaria que saí sozinha mais cedo, porém, não falei nada. Liguei o rádio, e nesse momento tocava Misguided Ghosts, da banda Paramore. Apenas curti a música e o caminho, e, quando chegamos, desci do carro e pedi que viesse me buscar depois. Ele saiu do carro e insistiu para entrar e esperar, mas recusei.

Entrar sozinha me dava alguns segundos de liberdade. Estava tão distraída com a sensação, que esbarrei em alguém: um homem alto, de meia-idade, e por um momento, vi Sebastian. Empurrei o homem, que pediu desculpa. Não sei explicar o que houve, mas meu peito parecia que ia explodir. Eu olhava para os lados e tudo que via era o Sebastian — ele estava em todos os lugares, em todos os rostos. Encolhi-me no chão, tremendo; estava hiperventilando. De repente ouvi uma voz logo atrás de mim, uma voz conhecida. Tapei meus ouvidos e me encolhi mais ainda. O porteiro, que já me conhecia, interfonou para Liz, que prontamente veio ao meu encontro. Mesmo com ela por perto, não conseguia relaxar meus músculos.

— Amber, tente respirar devagar. Você está tendo uma crise de pânico. Sei que parece que vai morrer, mas ela logo vai passar. Estou aqui — disse ela, enquanto se sentava no chão, ao meu lado.

Quando consegui voltar a respirar, meu corpo todo doía devido à tensão muscular. Levantamo-nos do chão, devagar, e eu estava morrendo de vergonha. Com a cabeça baixa, caminhei ao lado dela até sua sala.

— Quer me contar o que aconteceu?

— Eu não sei, era como se ele estivesse por todo lugar. Conseguia ouvir sua voz, sentir suas mãos, como se ele estivesse me tomando para si novamente — falei, deixando as lágrimas caírem.

— Consegue pensar no que fez com que se sentisse assim?

— Estava entrando quando um homem de meia idade esbarrou em mim, ou eu esbarrei nele, não sei.

— Estar fora de casa depois desse tempo, sem saber onde ele está e quais são suas intenções, pode ser aterrorizante. É normal que se sinta assim.

— Eu não quero me sentir assim, não quero ter medo de sair, e tudo é como uma prisão ultimamente. Até mesmo as pessoas me sufocam, e dói saber que sair também pode ser um tormento.

— Que pessoas? Todas?

— Não todas, tenho Alisson e Noah, mas eles são os únicos com quem consigo agir normalmente, esquecendo a realidade, ainda que Alisson tenha estado um pouco estranha nos últimos dias.

— Mas essa realidade existe, e você precisa lidar com ela.

— Eu sei — concordei, seguido de um longo suspiro.

— Como veio até aqui hoje?

— Ethan me trouxe. Pedi que viesse me buscar depois, queria me sentir livre, como uma pessoa normal.

— Algo mudou em relação ao Ethan?

— Não sei, eu o peguei mentindo antes de virmos para cá.

— Sobre o que ele mentiu?

— Ele e Luke estavam conversando, o que já é algo bem estranho, e, quando perguntei sobre o que conversavam, ele falou que era sobre meu comportamento. Eu saí hoje cedo para correr, mas Ethan não sabia, o que significava que não estavam conversando sobre meu comportamento. É engraçado: não fico brava por me tratarem como uma criança, mas por esconderem as coisas de mim.

— Entendo.

— Estou pensando em me mudar, ir para um lugar longe daqui, longe da minha história, longe de Sebastian e de tudo.

— E como isso a ajudaria?

— Não sei, poderia sair tranquila, sem medo.

— Tem certeza? Vai continuar sem saber onde ele está, o que quer dizer que pode achar que o vê em qualquer lugar. Fugir não é a solução, Amber.

Odeio quando ela pega meus planos e me mostra que é tudo uma fuga. Olhei para o relógio e me levantei da poltrona.

— Acabou nosso tempo, é melhor eu ir.

— Tudo bem, Amber. Ligue-me se precisar.

— Obrigada.

Saí de sua sala apreensiva, caminhando rapidamente até a saída e, por sorte, Ethan estava parado bem em frente, no estacionamento. Entrei no carro calada, com dificuldade para respirar.

— Está tudo bem? — perguntou.

— Está, quero ir pra casa.

Ethan não questionou e dirigiu em silêncio. Quando chegamos, desci sem nem me despedir, e entrei correndo, esperando encontrar Alisson em meu quarto, mas ela não estava lá. Peguei meu celular e vi um recado seu pedindo desculpas, pois teve que voltar à faculdade. Deitei em minha cama com o celular ainda nas mãos, mas deixei-o cair assim que recebi uma mensagem.

Estava tremendo, tentando me convencer de que não era verdade. Só podia ser coisa da minha cabeça. Alcancei o aparelho, que estava no chão, abri as mensagens e lá estava ela. Afundei meu rosto no travesseiro e gritei, tentando mandar toda a angústia embora, mas de nada adiantou, pois é tudo real. Tentei estabilizar minhas mãos para conseguir digitar; não vou deixar que ele perceba o meu medo, não darei a ele esse prazer.

Número desconhecido:

Havia esquecido como é fascinante ver você correr, Amber.

Li a mensagem diversas vezes antes de responder. Quando finalmente consegui firmar meus dedos, digitei:

O que você quer, Sebastian?

Você sabe o que eu quero, Amber.

Haha, e o que o leva a acreditar que terá?

O medo que você sente. Não sabe o quanto é prazeroso te ver assim, toda assustada. Isso me excita, Amber. Você é minha, e não costumo dividir o que é meu.

Eu não estou com medo.

Sim, você está tremendo e mal consegue respirar direito.

Ele estava me observando? Aproximei-me da janela, fechando as cortinas.

As cortinas não me impedirão de te ver; estou em toda parte, estou marcado na sua pele, na sua mente e na sua alma.

Ele estava certo, sempre estaria comigo depois do que fez.

Sabe, Amber, por mim, eu te foderia como da última vez, várias e várias vezes, ouvindo você pedir para parar enquanto estou metendo com força em você, ouvindo o seu choro silencioso de derrota enquanto me afundo em você.

Ele estava me observando, ou me conhece tão bem que já imaginava minha reação. Depois disso, levei um tempo para conseguir olhar o celular novamente. Quando o peguei, suspirei aliviada por não ver nenhuma mensagem dele, mas o alívio também me fez desabar. Meu peito doía e estava hiperventilando de novo; era como se a qualquer momento meu coração fosse explodir de tanto bater, e o nó na garganta me fazia imaginar suas mãos me sufocando. Essa foi de longe a crise de ansiedade mais intensa e aterrorizante que já tive, muito mais intensa que a anterior.

Quando consegui me acalmar, estava tão exausta que fiquei meio aérea. Devo ter ficado em posição fetal por horas, pois, quando olhei para fora, estava escurecendo. Nessa noite não havia a menor possibilidade de deitar e dormir tranquilamente. Por mais que acreditasse em minha força, sei que, contra isso, não conseguiria e nem precisaria lutar sozinha. Peguei meu celular e escrevi uma mensagem para a única pessoa que eu sabia que viria em qualquer horário: Noah. Poderia ligar para Ethan, mas ele faria um milhão de perguntas e não me deixaria esquecer do que estava acontecendo.

Preciso te ver — digitei.

Quinze minutos se passaram e nada de ele me responder. De repente, escutei uma batida na janela. Meu coração quase saiu pela boca, e não me atrevi a chegar perto para conferir quem era até ouvir a voz de Noah do lado de fora.

— Meu Deus, quer me matar do coração?

— Desculpa, minha bateria acabou.

— Entra, vai.

— Estava chorando?

— Só estou nervosa.

— Aconteceu alguma coisa?

Não falei nada, pois, se abrisse minha boca, desabaria outra vez; então, só entreguei meu celular em suas mãos. Noah ficou tenso, dava para ver as veias saltadas em seu pescoço.

— Desgraçado! Vai ficar tudo bem, vamos dar um jeito. Vou falar com Ethan.

— Você vai falar com Ethan? Desde quando vocês são amigos?

— Não somos amigos, temos interesses em comum, como te deixar a salvo. Agora, tente dormir, vou ficar aqui.

Aconcheguei-me ao lado de Noah e dormi como uma criança. Acordei com os gritos do meu pai ao ver Noah na minha cama. Era a mesma cena de anos atrás, mas eu não era mais a garota de anos atrás. Estava no meu limite e não ia deixar que ele me controlasse. Uma coisa que aprendi sobre meu pai é que ele só cresce para cima de quem tem medo, e eu não tenho, não mais.

— Não levante, fique aí sentado — falei para Noah, levantando-me. —

Você, fora do meu quarto agora, ou eu saio por aquela janela e não volto mais. — Ele arregalou os olhos, sem acreditar que eu o enfrentava. — Chega! Eu estou cansada dos seus surtos e sentimento de posse, sempre nos tratando como se fôssemos objetos. Eu não sou o Luke ou a minha mãe pra abaixar a cabeça pra você. Depois de toda a merda que estou vivendo, lidar com você vai ser fichinha, e não se atreva a levantar essa mão para mim, só Deus sabe o que sou capaz de fazer!

— Acha que vai me ameaçar e ficar por isso? Vou colocar esse *traficantezinho* de merda na cadeia!

— Vá em frente, e pegarei as dezenas de vídeos que tenho de você agredindo sua mulher e seu filho. Como você diz, contra fatos não há argumentos. Como vai se safar dessa?

— Está mentindo.

— Pague para ver!

Ele saiu furioso. Fazia tempo que não enfrentava meu pai assim, e eu o imaginei levantando a mão para bater em meu rosto, mas ele jamais faria isso com Noah presente. Era um covarde, que só partia para cima daqueles que estavam sob seu domínio, e eu definitivamente não estava.

Assim que ele saiu, fui até a porta e a tranquei.

— Bem-vindo ao meu inferno particular.

— Você fica linda quando está brava, sabia? Ainda mais com essa cara toda amassada.

— Fique calado, ou eu mesma te ponho para fora. Vou tomar um banho, precisa de alguma coisa?

— Preciso — disse, levantando-se para tomar a minha boca.

O beijo foi suave e acolhedor, tão acolhedor que me senti segura outra vez. Levei minhas mãos à sua camiseta, tirando-a devagar.

— Tem certeza? — perguntou.

— Como dois e dois são cinco — respondi, rindo. — Quero tentar, podemos?

— Me diga quando parar, ok?

Devagar, Noah tirou minha blusa, puxando-me em direção ao banheiro. Sem pressa, me despiu e me deixou despi-lo. O som do chuveiro junto ao da sua respiração fez meu coração acelerar. Seus movimentos eram contidos, como se tivesse medo de ultrapassar algum dos meus limites.

— Acho que eu te amo — sussurrei sem pensar, afastando minha boca da sua por um segundo. Não sei se ele foi capaz de ouvir, mas o beijo ficou mais intenso. Sentir seu corpo reagindo ao meu fez com que o meu também reagisse e, diferentemente do que imaginava, não tive medo quando ele se afundou em mim. O maior medo de uma mulher depois de um abuso é voltar a ter relações que a lembrem do trauma, mas, depois de muita terapia e com todo o cuidado e carinho de Noah, posso dizer que jamais vou ser capaz de lembrar do abuso enquanto for ele a me tomar com seu toque zeloso e reconfortante.

Enquanto a água quente caía e a boca de Noah explorava meu corpo, fui capaz de esquecer de toda a confusão que minha vida tinha se tornado. Por alguns minutos, fui capaz de ser apenas uma garota normal e apaixonada.

— Foi o melhor banho da minha vida — falou, beijando meu ombro conforme nos secamos.

— Sim, não queria voltar à realidade que nos aguarda lá fora.

— Podemos fingir por mais alguns minutos que não existe nada além disso.

Quando saímos do banheiro, notei como Noah estava cansado.

— Acho que alguém precisa dormir um pouco.

— Eu tentei, mas você parecia estar possuída, não sei como uma coisinha tão pequena pode fazer tanto barulho.

— Vá se foder, Noah! — falei, enquanto ria da cara que ele fez. — Quer dormir primeiro e depois comer, ou quer comer primeiro?

— Dormir, com certeza. Venha se deitar comigo.

— Pode dormir tranquilo. Enquanto isso, vou preparar algo para comermos quando acordar.

Acho que eu precisava de um momento sozinha e queria deixar Noah dormir um pouco. Fiquei mais ou menos uma hora na cozinha, preparando suco de laranja e sanduíches, e, quando voltei, Noah ainda dormia; tão bonitinho, nem parecia que era tão alto. Não quis acordá-lo, então o deixei dormindo enquanto comia um dos sanduíches que preparei. Fiquei em silêncio, sentada em uma poltrona que ficava de frente para a cama. Observei-o por alguns minutos até ele acordar.

— Quanto tempo eu dormi?

— Não muito, umas duas horas. Está com fome?

— Morrendo.

Ele comeu enquanto conversávamos sobre quais eram nossos planos para o futuro. Doía ver que Noah realmente não tinha uma perspectiva de vida fora do tráfico — mesmo que pensasse em sair, não sabia o que faria depois. Ele passou o dia inteiro comigo, como se não tivesse mais nada para fazer da vida.

Nesse tempo todo, mal havia olhado meu celular, apenas o peguei para enviar uma mensagem para Alisson, e, um tempo depois, quando fui checar para ver se ela havia respondido, vi várias mensagens recebidas. Meu coração quase parou quando vi que eram mensagens do Sebastian; levei uma mão à boca como quem precisa segurar o queixo para não cair.

Sebastian havia enviado várias fotos de mim na cozinha, de manhã, e fotos minhas e de Noah no meu quarto, o que significava que ele estava me observando todo esse tempo, só esperando uma brecha. No entanto, essas não foram nem de longe as que me assustaram. Em uma das fotos, ele estava segurando uma garota baixinha de cabelos ondulados e olhos estrelados. Alisson! Ele estava com ela!

— Amber? O que foi?

Não respondi, não havia palavras para descrever o que eu estava sentindo.

— Amber? — insistiu ele.

Eu mostrei a foto para ele e seu rosto mudou na hora. Ele também estava assustado.

— Ele está com a Alisson!

— Por mais difícil que seja, tente ficar calma e não faça nada. Vamos ligar para o Ethan.

Minhas mãos tremiam enquanto digitava o número, mas, de repente, chegou outra mensagem.

É melhor não ligar para o Ethan.

Arregalei meus olhos e mostrei o celular para Noah.

— Ele está nos observando e ouvindo. Converse com ele, tente entender o que quer — sussurrou devagar para que lesse seus lábios.

Mande o garoto embora e não diga mais nada a ele. É a vida da sua amiga que está em jogo.

— É melhor você ir embora, Noah, preciso resolver isto sozinha — falei alto, para que Sebastian escutasse.

— Está louca, não vou te deixar sozinha.

Saímos de perto da janela e cobri o celular com uma almofada.

— Continue conversando com ele, vou sair e estacionar meu carro mais longe. Tente enviar pelo celular de alguém da sua casa a localização em tempo real e leve o celular com você para que eu possa te seguir. Vou ligar para Ethan — sussurrou, saindo pela janela.

E agora?

Você vai me encontrar na Tower Bridge à meia-noite.

Quero saber se ela está bem. Não encoste nela, seu filho da puta!

Tudo depende de você, Amber. Seja uma boa garota, e Alisson estará livre.

O que tem na Tower Bridge?

É um lugar especial.

Não a machuque.

Venha sozinha, Amber, pois, se tentar qualquer gracinha, sua amiga estará submersa nas águas do Tâmisa. Será um prazer vê-la afundar; sempre quis saber como seria ver um corpo em queda livre daquela ponte. Descarte seu celular. Quebre-o ou jogue-o na água, apenas se livre dele.

Desci as escadas correndo, tentando encontrar o celular de alguém em casa para falar com Noah, mas estavam todos perto dos respectivos aparelhos. Luke dormia quando entrei em seu quarto, mas não encontrei o celular em lugar nenhum, e, se eu falasse o que pretendia fazer, eles foderiam tudo. Vou ter que tentar a sorte. Voltei para o meu quarto, peguei minhas chaves e saí pela janela. Entrando no meu carro, deixei que o choro em minha garganta saísse. Dei partida e segui para a ponte, torcendo para que Noah estivesse por perto para conseguir me seguir.

14

A angústia estava massacrando meu peito. Esse caminho nunca pareceu tão longo, e eu só queria acabar logo com isso. Conforme me aproximava da ponte, mais aflita eu ficava. Estacionei meu carro e segui pela ponte, andando rápido. Minhas mãos suavam, e eu não conseguia vê-los. Onde estavam?

Claro que ele me deixaria esperando; isso o divertia, o excitava. Aposto que deveria estar com o pau duro nesse momento, filho da puta asqueroso. Esperei cerca de trinta minutos e nada; eu estava disposta a tudo para acabar com esse tormento. Comecei a gritar, chamando a atenção de quem passava.

— SEBASTIAN, APAREÇA!

O silêncio prevalecia.

— QUER SABER, FODA-SE, SEU FILHO DA PUTA! SE NÃO APARECER AQUI EM CINCO MINUTOS, ACABAREI COM ESSE JOGO, E NÃO SERÁ O CORPO DE ALISSON A AFUNDAR, MAS SIM O MEU. E SEM SEU PRÊMIO, O JOGO ACABA, E VOCÊ PERDE. A ESCOLHA É SUA!

Olhei no relógio, vi que se passaram cinco minutos e ele não apareceu. Foi então que subi na grade de segurança, passando uma perna para fora.

— O SEU TEMPO ACABOU, SEBASTIAN!

Ele não apareceu, e lentamente passei a outra perna, ficando de pé na beirada das grades, presa somente pelas mãos. Foi então que ouvi passos desesperados. Olhei em volta e pude ver Alisson correndo em minha direção.

— Oh, meu Deus, você está bem? — perguntei, quase sem ar.

— Estou, graças a você, mas não deveria ter vindo sozinha.

— Onde ele está?

— Ele estava bem atrás de mim.

Olhamos para os lados e não o encontramos. A noite estava fria, e o vento dificultava minha estabilidade; precisava garantir a segurança da minha amiga.

— Preste bem atenção no que vou te dizer: no bolso de trás da minha calça estão as chaves do meu carro. Eu o parei logo na entrada da ponte. Pegue as chaves e corra. Não olhe para trás, só corra direto para o carro.

— Não, não vou deixar você aqui!

— Sim, você vai, porque só assim vou conseguir salvar nós duas. Corra o mais rápido que puder e só pare quando sair da ponte. Entre no carro e saia daqui. Só depois, ligue para a emergência.

— Amber, o que você pretende fazer? Eu não posso fazer isso.

— Vou garantir que Sebastian perca o jogo. Agora, vá! Corra, Alisson!

Encarei-a mais uma vez, então ela me abraçou e pegou a chave no meu bolso.

— Eu te amo, nunca se esqueça disso — falei em seu ouvido.

Meu coração só estaria em paz quando a visse chegar ao fim da ponte.

Meus dedos doíam de tanta força que fazia para me equilibrar na beirada da ponte. Ela já havia sumido quando ouvi Sebastian se aproximar.

— Amber, já pode sair daí.

— Não, só vou sair daqui quando me garantir que ela está segura.

— Deixe de ser burra, saia daí!

— NÃO!

— Eu mesmo vou te tirar daí — falou, dando um passo para a frente.

— Não se aproxime! — ameacei, dando um passo para o lado.

— Amber, olhe para mim, vai ficar tudo bem agora. Nós poderemos ficar juntos para sempre, só nós dois, longe daqui.

— Você só pode estar louco. Depois de tudo o que me falou mais cedo, acha mesmo que ficaria com você? Você assumiu ter me violentado naquele dia.

— Eu estava com raiva, falei tudo da boca para fora. Eu jamais te machucaria, você sabe disso.

— A única coisa que eu sei é que você é um maluco sádico.

— Eu só vou falar mais uma vez, Amber: saia daí — disse ele, dando alguns passos em minha direção.

— Ou o quê? O que vai fazer? Vai me matar? Acha mesmo que eu tenho medo da morte? Pois saiba que prefiro morrer a ficar com você.

— Minha paciência está se esgotando, Amber. Venha — falou, tentando pegar minha mão, mas dei mais dois passos para o lado.

Sebastian estava perdendo a paciência, mas não arriscaria me perder, pois eu era o objeto da sua obsessão.

— Não me toque! — gritei em protesto.

Sem falar nada, Sebastian subiu na grade, passando o corpo para o lado de fora.

— Venha, vou te puxar — falou, chegando perto de mim com uma mão estendida. Quando senti sua mão na minha cintura, desequilibrei-me na tentativa de sair do seu toque. Preferia qualquer coisa a ter aquelas mãos em mim e, com o solavanco que meu corpo deu, meus pés escorregaram. Agora o meu corpo pendia, e o que me segurava eram apenas meus dedos doloridos, e a mão de Sebastian seria o meu fim. Fechei os meus olhos, pronta para soltar e me entregar às águas frias.

— Eu vou te puxar, fique quieta.

Mesmo com toda a força que ele fazia, não seria o suficiente; meu corpo todo já pendia. Minhas mãos suadas começaram a escapar.

— Solte-me, Sebastian.

— Não!

— Você não pode me salvar, eu mesma entrego minha vida. Qualquer coisa é melhor que estar com você — falei, puxando a mão para que ela escorregasse de vez.

— NÃO, AMBER! — gritou ele, pulando atrás de mim.

O problema de pular da ponte não é a altura, mas o rio turbulento que vive embaixo dela. O Tâmisa é impiedoso, ninguém o controla. Suas correntes são fortes demais, sua velocidade é extrema e pode arrastar os corpos por milhas em minutos. Quando uma pessoa cai, geralmente tenta assumir o controle e nadar o mais rápido, mas seu corpo cansa rápido demais, e, depois de minutos sem sair do lugar, ela simplesmente se entrega.

Quando meu corpo bateu na água, não senti dor; talvez pela água fria. O mais assustador foi ver o corpo de Sebastian cair ao meu lado. Se eu fosse morrer, não queria que fosse com ele. Nadei devagar, tentando me afastar, mas ele foi mais rápido, pegando meu braço. Tentei me soltar, mas era inútil; só me cansaria, e eu precisava manter a calma. Diferente de mim, Sebastian estava desesperado para sair da água. Ele me puxava, nadando contra a maré.

— Pare de tentar nadar — falei.

— Fique quieta, não era para estarmos aqui se não tivesse se jogado.

— Pulou porque quis, eu não precisava ser salva.

— Escute, vamos sair daqui, você querendo ou não.

— Se continuar nadando, vamos os dois sair daqui em sacos pretos. Isso, se acharem nossos corpos. Escute, Sebastian, só existe um jeito de sobrevivermos: precisamos boiar, nossa respiração precisa ficar tranquila. Estique seu corpo e seus braços, só assim vamos conseguir — falei, puxando minha mão para fazer o que estava falando. Meu corpo rapidamente começou a flutuar.

— Amber, eu não consigo! — gritou.

— Precisa liberar sua mente, confie em mim e tente ficar tranquilo.

A verdade é que ele estava apavorado, seu corpo pesava e o ar faltava em seus pulmões.

— Confie no rio, deixe ele te levar — falei, mas era impossível, pois ele não tinha mais força para nada.

Seu corpo começou a descer, e ele estava se afogando. O Tâmisa estava tomando sua vida e não havia nada que pudesse fazer. Se tentasse salvá-lo, teria o mesmo destino. Não sabia se ia sobreviver, mas me arriscaria, então me entreguei de bom grado ao Tâmisa e deixei meu corpo relaxado à própria sorte.

Ella

15

Noah

Quando cheguei, era tarde demais. Ela não gritou, não lamentou, mas se entregou de bom grado às águas. O som do seu corpo batendo contra a água jamais vai sair da minha cabeça. Subi na grade e vi quando Sebastian tentou puxá-la, mas, de repente, ela abriu os braços e deixou a correnteza levá-la.

Pensei em pular, queria buscá-la, queria seu abraço, talvez, um último beijo. Eu mudei por ela, mudei para tê-la em minha vida, e agora a estou perdendo, perdendo a única coisa que me faz ser humano outra vez, que faz meu coração bater rápido demais para caber no peito. Não posso perdê-la. Inclinei-me para pular, mas duas mãos me seguraram. Luke estava atrás de mim, segurando-me com força.

— Luke, solte-me, preciso salvá-la, não posso perdê-la assim! Nós não vivemos tudo que temos para viver, não posso perdê-la, Luke! — falei, conforme as lágrimas caíam dos meus olhos.

Luke não falava nada, mas também não me soltava. Ethan também estava lá e observava minha reação com certa frieza; mas esse era o trabalho dele, alguém precisava estar estável.

Dias atrás

Ela é a coisa mais linda que já vi. Depois de muita tequila, Amber dormiu em meus braços, mas, com qualquer movimento meu, ela sussurrava alguma coisa engraçada, de que provavelmente não iria se lembrar amanhã, assim como esqueceria esse momento e nunca mais me procuraria. Ela estava esmagando meu braço, e, quando tentava tirá-lo de debaixo do seu corpo, ela começava a resmungar.

— Noah, me promete que, quando encontrar a mulher da sua vida, aquela por quem vale a pena mudar, você vai tentar sair dessa vida?

— Eu prometo, Amber — sussurrei.

Provavelmente ela não se lembraria de tudo que falou nessa noite, mas eu nunca me esqueceria. Ter Amber de novo em minha vida era como encontrar algo pelo que lutar, e ela era alguém por quem valia a pena mudar. Eu sairia dessa vida por ela.

— Acho que já encontrei a mulher da minha vida, e ela é você, Amber — sussurrei, encostando meu queixo no topo da sua cabeça e deixando-me adormecer.

Alguns dias depois

Agora ela está na minha casa, usando minha camiseta, e confesso que fica bem melhor nela do que em mim. Eu daria tudo para viver assim pelo resto da minha vida. Ela acredita que eu a salvei anos atrás não fornecendo mais comprimidos a ela, mas a verdade é que foi ela quem me salvou.

Viver se tornou algo bom. Eu ficava sempre à espera de vê-la outra vez e, quando ela me ligou naquele dia, foi como um sonho se realizando, e a promessa que fiz dias atrás foi real, tão real que, no dia em que Ethan a buscou em minha casa, fui ao encontro de um velho amigo e parceiro de negócios.

Peter foi a pessoa responsável por eu entrar no mundo do tráfico, e nossas histórias não são muito diferentes: filhos que precisaram prover a casa por algum motivo. Quando o procurei e fiz a oferta, ele achou estranho, mas ouviu com atenção o que eu tinha para dizer. Ninguém saía assim dessa vida, por isso ofereci a ele a minha parte em troca de proteção e sigilo. A proposta era irrecusável: ele ficaria com todos os lucros e só precisaria fingir que ainda somos parceiros e me proteger. Assim que terminei, ele aceitou e combinamos todos os processos "legais".

Eu estava arriscando a minha vida nessa jogada, mas valeria a pena. Somente nós dois saberíamos da negociação e, teoricamente, eu ainda estaria no negócio, mas apenas como fachada, enquanto ele iria lidar com tudo e receber por tudo também. Com o tempo, eu seria menos envolvido, mesmo que apenas por nome, até o ponto de que todas as negociações ficariam apenas com Peter.

— Cara, posso perguntar o motivo? — ele quis saber.

— Eu encontrei um motivo para viver.

Dias atuais

— Escute, Noah, precisa tentar se acalmar. Quando Alisson me ligou, tomei todas as providências para reduzir os danos. Já temos barcos posicionados para vasculhar a área. Tenha fé. — Luke disse, enquanto ainda me segurava, e por um momento parecia que o fato de me segurar também evitava que ele desabasse.

— O que podemos fazer agora? — perguntei, tentando parecer calmo.

— Noah, pegue Luke e vá para o London Bridge Hospital. Se eles a encontrarem, a levarão direto para lá — orientou Ethan.

Luke finalmente me soltou, e caminhamos até o meu carro, seguindo direto para o hospital. Quando entramos, meu coração batia descompassado. Tudo o que eu queria era ver o rosto dela uma última vez, mas não havia notícias do resgate ainda.

As horas na sala de espera foram uma tortura, e, para piorar, no som tocava Storm, da banda preferida de Amber, o que me fez afundar um pouco mais na minha angústia. Havia horas que ninguém aparecia, ninguém tinha notícias, nem nada que nos desse esperança. Estávamos todos apegando-nos ao último fio de esperança.

16

Alisson

Essa foi a coisa mais difícil que já fiz na minha vida. Eu não queria deixá-la, não queria que se arriscasse, mas, quando olhei em seus olhos, vi o que Amber tinha de mais puro. Ela havia planejado tudo, estava pronta para aceitar as consequências e não deixaria que ninguém as sofresse por ela. Soube disso no exato momento em que me pus a correr para fora da ponte.

Assim que cheguei no seu carro, precisava chamar ajuda, mas estava sem meu celular. Não havia a menor possibilidade de sair dirigindo para encontrar um posto emergencial ou uma cabine telefônica. Observei os poucos carros que ali passavam e me arremessei na frente de um deles. O motorista parou imediatamente.

— Garota, está louca? Eu poderia ter te atropelado. Você está bem?

— Escute aqui, preciso do seu celular, agora!

— O que está acontecendo?

— Posso te explicar nos mínimos detalhes depois, só me empresta a porra do celular, por favor!

— Tome. Agora me deixe estacionar — falou, entrando no carro.

Disquei o número o mais rápido que consegui. Desde que a Amber se envolveu em toda essa situação, já precisei discar esse número incontáveis vezes para que ela ficasse em segurança; só esperava que essa não fosse a última.

— Ethan, é a Alisson. Escute sem perguntar nada, ok? Venha para a Tower Bridge e mande todas as equipes de resgate. Não pergunte nada, só faça isso agora.

— Já estou a caminho. Luke me falou para ir à ponte. O que está acontecendo?

— AGORA, ETHAN! TRAGA TODA A AJUDA POSSÍVEL E REZE PARA QUE ESTEJA TUDO BEM E ELA NÃO ESTEJA NA ÁGUA!!! — gritei, desligando o telefone.

Meu choro foi instantâneo e, ao desligar, simplesmente desmoronei. Minhas pernas começaram a falhar, quando o dono do celular me pegou em seus braços. Não contestei e deixei que ele me levasse até seu carro.

— Você está pálida, beba um pouco de água — disse ele, oferecendo-me uma garrafa de água mineral.

— Obrigada.

Agradeci entre os soluços.

— Sou Isaac. Vou ficar com você até que esteja melhor — falou ele, estendendo-me a mão.

— Alisson — eu disse, pegando sua mão.

Quando estava mais calma, expliquei a Isaac toda a loucura das últimas horas. Ele parecia uma boa pessoa, mas juro que, depois de tudo que descobrimos sobre Sebastian, acho que estou com medo de conhecer qualquer pessoa. Apenas me deixei distrair com a conversa. Meu coração quase saiu do peito quando ouvi as sirenes tocarem. De longe, podia ouvi-los chamando por ela, então fiz um movimento para sair do carro, mas Isaac segurou minha mão.

— Acho melhor ficar aqui. As sirenes indicam que a ajuda chegou, então, acho que o mais sensato é esperarmos para segui-los até o hospital de destino. Seja lá o que aconteceu, tenho certeza de que Amber gostaria que ficasse segura.

Apenas aceitei suas palavras enquanto a aflição me consumia. Ficamos ali por um tempo e, quando vimos o carro de Noah passar, dei um pulo no banco do carro.

— Siga aquele carro! — falei, apontando.

— Certo.

Quando chegamos ao London Bridge Hospital, vi Noah e Luke sentados na sala de espera.

— O que aconteceu? — perguntei, mas meu coração quase parou de bater quando vi seus olhos se encherem novamente de lágrimas e desespero.

— Ela...

— Ai, meu Deus, Noah, me diga onde ela está.

— Ela caiu da ponte, Alisson — disse ele, com os olhos cheios de lágrimas.

— Oh, meu Deus! — falei, cobrindo a boca com a mão na tentativa de segurar o choro — E Sebastian, onde está?

— Ele pulou para tentar salvá-la, mas acabou sendo consumido pela água. Sebastian está morto.

Meu ar foi todo embora de uma vez e minhas pernas fraquejaram com a ideia de perder Amber, mas Isaac me segurou com força.

— Venha, precisa comer alguma coisa — falou Isaac.

— Não estou com fome.

— Mas você vai comer alguma coisa, precisa estar de pé nas próximas horas.

Quando me sentei, olhei para Noah e Luke sentados. Os dois choravam enquanto encaravam a porta de entrada à espera de alguma novidade. Recusei-me a olhar para a porta; estava com medo do que pudesse ver. Ao invés disso, olhei para Isaac. Com tudo acontecendo, não havia percebido como ele era bonito: não era muito alto, sua pele era clara em contraste com os cabelos cor de cenoura, e os olhos eram verdes, como duas esmeraldas. Mesmo com toda essa beleza, o que mais me chamou a atenção foi que ele ficou.

Por um segundo, deixei que meus olhos procurassem os de Luke, sentado do outro lado da sala. Ele continuava olhando para a porta, mas, de repente, o olhar que demonstrava tristeza se inundou de medo e dor. Virei meu rosto imediatamente e tenho certeza de que meus olhos ficaram iguais aos de Luke.

A equipe de resgate havia acabado de chegar, mas o que me assustou foi o que veio logo atrás deles: a primeira maca passou, carregando um saco preto. Meu coração se apertou, esperando que o corpo que estava ali não fosse o de Amber. Ainda havia esperança. Olhei novamente para Luke e o vi levantar em desespero enquanto pela porta passava a segunda maca carregando outro saco preto. Não sei o que se passou pela minha cabeça, mas eu desmoronei imediatamente.

Luke

17

Nunca gostei de aniversários, mas Amber sempre fez questão de comemorar. Quando criança, não tinha como fugir, pois meus pais faziam questão de fazer festas caras, com tudo o que havia de melhor — tudo para manter a ideia de uma família unida e pais presentes. Conforme crescemos, Amber começou a comemorar a data com os amigos em parques e boates caras. Todo ano ela tentava me convencer a participar, e hoje não foi diferente, quando a deixei na boate.

Cheguei em casa e fui direto para a cama. Coloquei o despertador para tocar às três e meia da manhã para ir buscá-la, porém não percebi que a bateria estava acabando, e quando acordei eram quase cinco horas da manhã. Corri até o quarto da minha irmã e vi que ela ainda não havia chegado, o que significava que deveria estar me esperando ou que alguma coisa teria acontecido.

Liguei meu celular na tomada e vi suas mensagens; a última foi deixada após as quatro e meia. Peguei a chave do carro e abri a porta, dando de cara com Amber dentro do carro do meu ex-melhor amigo, Ethan. Desde quando estava na cidade? O que o levou a voltar?

Pensei em ir até lá, mas Amber saiu do carro assim que me viu. Entrou pela porta, empurrando-me para dentro.

— O que estava fazendo com ele, Amber?

— Você não apareceu, não consegui nenhum táxi ou Uber. Ele apareceu e me ofereceu carona.

Ela quer realmente que eu acredite que foi uma mera coincidência?

— Ele simplesmente apareceu? Que conveniente! Eu não quero você perto dele, entendeu?

— Se você tivesse me buscado, não o teria encontrado — falou, saindo em direção ao quarto. A verdade é que estou com muita raiva; não pretendia ver Ethan nunca mais.

— Amber, estou falando sério — disse, puxando com força seu braço. Meu peito doía, e era como se, a cada palavra sobre Ethan, ela me sufocasse. Ela o escolheria outra vez.

— Você está me machucando! E se toca, Luke! Eu não sou mais uma criança, e você não é meu pai.

— Você já desgraçou esta família uma vez, Amber! Não vou deixar que faça isso de novo — disse, encarando-a com raiva. Vê-los juntos outra vez me machucou, mas, quando percebi o que estava fazendo, soltei-a e fui para meu quarto.

Nunca fui muito sociável. Na infância, éramos Ethan, Amber e Luke contra o mundo — os melhores amigos. Compartilhávamos tudo e não havia segredos, mentiras ou discussões que pudessem magoar uns aos outros.

Quando chegamos à adolescência, Amber conheceu Alisson; uma garota insuportável, com uma risada escandalosa e um cérebro genial. Tê-la por perto não era de todo ruim, pois me impulsionava a produzir mais, e nós vivíamos competindo em tudo.

Como nenhum dos dois aceitava ficar em segundo lugar, estávamos sempre nos dedicando ao máximo, deixando, assim, Amber e Ethan de lado; às vezes me culpo por isso. Busquei, durante toda a minha vida, ser o melhor em tudo que fiz para que meu pai me notasse, me visse e se orgulhasse, mas estou sempre o decepcionando.

Quatro anos atrás

Acordei no meio da noite e o colchão no chão estava vazio. Ethan devia ter ido ao banheiro. Tentei voltar a dormir, mas os minutos passavam e Ethan não retornava. Preocupado, decidi procurá-lo. O banheiro estava vazio, então desci, mas não o encontrei na sala e nem na cozinha. Isso me deixou mais nervoso; o que poderia ter acontecido?

Escutei algo vindo do quarto da minha irmã e caminhei até lá, parando na porta. Meu peito ficou apertado e um nó surgiu na minha garganta. Levei a mão à maçaneta, mas não a abri, pois não escutei mais nada. Cheguei a pensar em voltar para a cama, mas aquele nó na garganta não ia embora, e quando vi, estava abrindo a porta. Ethan estava em cima da minha irmã, aparentemente nu. Os dois me olharam assustados.

— O que acha que está fazendo, Ethan? Confiei em você e está aqui fodendo a minha irmã? — disse, partindo para cima dele, jogando-o no chão e desferindo socos em seu rosto. Amber chorava enquanto pedia para soltá-lo, mas só me afastei quando escutei a porta do quarto dos meus pais se abrindo.

— O que está havendo? Ethan, você está sangrando! — falou minha mãe.

— O que está acontecendo? O que está acontecendo? Quer que eu diga o que está acontecendo?

— CALE A BOCA, LUKE! — gritou Amber.

— Eu posso explicar, senhora Davies — disse Ethan, olhando para ela.

— Como vai explicar à mulher que te acolheu como um filho, que você estava fodendo a filha dela?

Minha mãe arregalou os olhos e meu pai gritou enquanto me encarava, como se tudo fosse culpa minha. Eu não havia protegido a minha irmã, eu havia trazido Ethan para dentro desta casa.

— Ethan, é melhor você ir — falou minha mãe, para tirá-lo do quarto.

Quando ele se foi, meu pai me seguiu até o meu quarto, fechando a porta.

— Você é um inútil, não serve nem mesmo para proteger sua irmã! Deixou que aquele filho da puta se aproveitasse dela — disse, dando com a palma da mão no meu rosto.

Não falei nada, nem tentei me justificar — ele estava certo. Após me castigar com diversos tapas no rosto, caminhou até a porta.

— Espero que assim você aprenda. Como sempre digo, Luke: é através da dor que se aprende. Meu pai me ensinou a ser um homem brilhante, espero que um dia você consiga ser um também — falou, saindo.

Nesse momento meus olhos fraquejaram, mas não me permiti chorar. Com raiva, soquei a parede atrás de mim com força várias vezes. Quando estava mais calmo, consegui limpar o sangue que escorreu da minha boca e da minha mão.

No dia seguinte levantei cedo, saí para correr e, quando retornei, fui para a cozinha preparar o café da manhã para agradar meu pai. Preparei ovos, linguiça e torradas. Quando o ouvi descer, servi seu café, mas ao me ver ele deu um sorriso desgostoso e estalou a língua, alcançando o prato de comida e tacando-o contra a parede.

— Não te criei para ser uma mulherzinha que cozinha!

De repente, escutei minha mãe descendo as escadas com pressa.

— O que aconteceu? — perguntou ela.

— O que aconteceu é que você educou mal esse moleque, deixando-o mole. Vou comer na rua, e limpe essa bagunça! — falou, saindo.

Minha mãe se aproximou para me abraçar, mas a afastei de imediato — não vou ser mole, ela não precisa me consolar.

Dias atuais

Acordei com a risada escandalosa da amiga da minha irmã. Aproveitei e saí para correr, assim, evitava as duas. Corri por uns trinta minutos e, quando retornei, dei de cara com Alisson saindo da minha casa. Ela me olhou revirando os olhos e entrou em seu carro. Fiz o mesmo, entrando em casa. Amber devia estar em seu quarto, então aproveitei para tomar banho e arrumar minhas coisas para ir ao campus. Curso Direito na mesma universidade que ela, e moramos em alojamentos no mesmo campus, o que facilita que eu possa cuidar dela. Quando cheguei ao dormitório, arrumei minhas coisas. O quarto é pequeno, quase igual ao da Amber, mas as paredes são pretas, sem fotos, cartazes ou qualquer coisa que diga quem eu sou.

Após organizar tudo, fui para a biblioteca, onde passava grande parte dos meus dias, e, como assumira mais aulas do que os demais alunos, precisava me desdobrar para dar conta de tudo. Assim como meu pai e meu avô fizeram, serei um ótimo advogado; ambos são grandes profissionais, respeitados pela sociedade.

O dia correu bem. Peguei meu celular e enviei uma mensagem para Amber, verificando se já conseguira se instalar. Como ela não respondeu de imediato, guardei o aparelho no bolso e fui caminhando devagar para o dormitório, dando de cara com Chloe me esperando do lado de fora. Chloe era uma garota legal e muito gostosa, e, por mais que ela soubesse que nosso lance era só sexo e que eu não tinha tempo para relacionamentos, estava sempre por perto, como se estivesse esperando o momento em que fosse me apaixonar por ela.

— Ei, Chloe!

— Luke, estava te esperando, não nos vimos durante as férias todas.

— Deve ser porque não somos nada além de uma transa boa.

— Vai dizer que não sentiu minha falta nesse tempo?

— Eu não, mas ele com certeza sentiu falta de estar dentro de você — falei, apontando para baixo do meu umbigo.

— Você é ridículo, Luke! — comentou, fechando a cara.

— Estou brincando, vamos entrar.

Chloe é o tipo de garota sem nada na cabeça, fútil, que só pensa em compras, salão de beleza e academia. Na cabeça dela, é isso que os homens querem, e, de fato, isso chama nossa atenção quando queremos passar o tempo, mas não serve para construir um relacionamento. Arrisco-me a dizer que, se Alisson não fosse tão irritante, ela seria o tipo de garota que um homem gostaria de namorar.

Deixei minhas coisas sobre a mesa, quando escutei meu celular tocar; Amber acabou de responder minha mensagem, dizendo que conseguiu se organizar tranquilamente. Quando me virei, Chloe estava na minha cama, completamente nua para chamar minha atenção, como sempre faz. Ignorei-a, entrando no banheiro para tomar uma ducha e não me demorei muito, saindo enrolado na toalha.

— Você vai vir pra cama? — perguntou ela, insinuando-se com as mãos nos seios.

Não falei nada, tirei minha toalha, pendurando-a na cadeira da mesa e me juntei a ela, encaixando meu corpo no seu. Deixei minha boca passear por todas as suas curvas definidas. Com as mãos, segurei seus seios volumosos com força e ela soltou um pequeno gemido, como aqueles de atriz pornô — ela deveria parar de se espelhar em pornografia, não é nada saudável. Subi uma das mãos até sua boca, pedindo silêncio.

— Chloe, seja você mesma quando estiver na minha cama, ou fique calada — falei, descendo a boca entre suas coxas, sugando-a com rapidez para ouvi-la gemer de verdade.

— Essa é a minha garota — disse, penetrando meus dedos em seu interior, fazendo-a gozar com rapidez.

Com cuidado, subi, beijando sua barriga, passando por seus lindos seios, alcançando seu pescoço devagar até chegar à sua boca. Enquanto a beijava, alcancei uma camisinha na gaveta da mesa de cabeceira. Coloquei-a e, retornando à sua boca, penetrei-a devagar. Sua respiração falhou, ofegante, conforme aumentava a velocidade. Quando cheguei ao meu limite, deixei-me cair sobre seu corpo, acomodando minha cabeça em seu pescoço.

— Você é linda, sabia? — sussurrei em seu ouvido e, em seguida, encarei-a e vi seus olhos brilhando com a hipótese de um sentimento.

Levantei-me, desvencilhando meu corpo do seu, peguei minha toalha na cadeira e fui em direção ao banheiro.

— Como você veio até aqui? Precisa que eu chame um Uber? — perguntei, parando na porta do banheiro.

Imediatamente seu rosto transpareceu frustração.

— Não precisa, estou de carro.

— Ótimo, quer tomar um banho antes de ir?

— Acho melhor não.

— Tudo bem, bata a porta quando sair — disse, enquanto encostava a porta do banheiro.

Não demorou muito para ouvir a porta sendo batida com força. Tomei banho e me preparei para dormir. Precisava levantar cedo para correr e aproveitar para verificar se Amber precisava de alguma coisa.

Quando acordei, eram cinco e meia da manhã. Troquei de roupa e saí para correr, deixando meu celular sobre a mesa. Achei melhor correr sem os fones, pois me ajudaria a pensar melhor. Corri por volta de uma hora até chegar ao quarto de Amber; o campus é grande, e ficamos em dois extremos. Subi as escadas, parando bem em frente à sua porta, e tentei abrir com as minhas chaves, mas a porta não abria — provavelmente ela trocou a fechadura para esconder algo. Afastei-me da porta para tomar espaço e dei um chute no trinco com bastante força, quebrando-o. Ela não me impediria de entrar.

Quando entrei, não vi nada fora do normal, então comecei a mexer em suas coisas, derrubando algumas no chão. Alcancei um livro que nunca havia visto e, ao abri-lo, observei que havia uma mensagem escrita a caneta.

Encostei-me na parede próxima ao banheiro e não sei quanto tempo fiquei ali, mas, quando a porta abriu e eu a vi, perdi a razão e, perguntando a ela o que andava escondendo, arremessei o livro em sua direção; ela se abaixou para desviar e estava furiosa por eu entrar em seu quarto sem permissão — ela estava brincando com fogo, e eu não aceitaria que me desafiasse assim.

De repente ela tentou sair do quarto, mas a alcancei, agarrando seus cabelos. Fechei a porta, batendo seu corpo contra a madeira e, quando insinuou que eu tinha sentimentos por Ethan, meu sangue ferveu. Sem pensar, puxei-a com toda a força, largando-a em seguida. Saí do quarto sem olhar para trás.

Minha cabeça estava cheia. Como ela não consegue perceber que, quando ela e Ethan me enganaram, eu perdi muito mais do que só um amigo? Eu perdi o meu melhor amigo, a confiança na minha irmã e qualquer possibilidade de ser visto com bons olhos pelo meu pai. Eu poderia tê-los ajudado, bastava que eles me contassem o que sentiam antes de se envolverem. Jamais seria contra, mas a forma como descobri e tudo o que aconteceu depois me fizeram ter raiva dos dois.

18

Depois de tudo o que aconteceu no quarto com a Amber, fui direto para o meu dormitório, pois precisava correr para não perder nenhuma aula. Recolhi meus materiais e saí com pressa. Desde que entrei na faculdade, não deixava que nada nem ninguém atrapalhasse meu rendimento, por isso, evitei ao máximo fazer amigos; eles me fariam perder tempo. Quanto a Chloe, deixo que faça parte da minha vida com diversos limites, e ela não é e não vai ser minha prioridade. Quando as aulas terminaram, recebi uma ligação da minha mãe:

— *Luke, onde está?*

— Estou no campus; está tudo bem?

— *Entraram no quarto da sua irmã e ela está no hospital.*

Fiquei calado conforme escutava. O que eu havia feito?

— *Luke?*

— Estou indo para o hospital.

Desliguei a chamada, peguei minhas chaves e fui direto para onde Amber estava. O caminho até lá foi tenso, e, além do meu nervosismo, o trânsito estava caótico. Quando cheguei ao hospital, dei de cara com Alisson e seu pai, o chefe de polícia; ela apenas me encarou, mas sem demonstrar reação alguma. Fui até meus pais e seguimos até o quarto onde Amber estava internada. Ethan estava lá dentro com ela, mas entramos mesmo assim, o que o fez sair com meus pais, enquanto eu ficaria com a minha irmã. A culpa me corroeu ao ver seu rosto com um hematoma enorme por minha causa.

Quando me aproximei, não segurei as lágrimas, deixei que elas me consumissem e chorei como uma criança enquanto minha irmã me abraçava — não tinha como corrigir o que eu havia feito. Fiquei com ela por alguns minutos até meus pais entrarem, e o olhar de reprovação do meu pai olhando para meus olhos vermelhos pioraram o que eu estava sentindo; para ele, homens não choram.

Quando o horário de visitas acabou, ela foi medicada e adormeceu. Chegando ao estacionamento do hospital, despedi-me da minha mãe e, ao olhar para o meu pai, ele apenas balançou a cabeça em desaprovação; mais uma vez, eu o havia decepcionado.

Ainda me lembro da última vez que chorei: tinha quatro anos e muito medo do escuro. Meu pai me chamou para ajudá-lo a pegar umas ferramentas na despensa, embaixo da escada. Estava escuro lá, e eu chorava porque não queria ir até lá, mas ele mandou que eu entrasse e, quando cheguei à prateleira, ele me falou: "*Luke, muitos aprendizados vêm por meio da dor. O amor não constrói coisas sólidas, por isso, você precisa ser firme, segurar as pontas e enfrentar as coisas sem derrubar uma lágrima. Agora, pare de chorar.*" Em seguida, fechou a porta, deixando-me sozinho lá dentro.

Tentei acender a luz, mas ela não funcionava, então me apavorei e comecei a chorar ainda mais. Ouvi minha mãe do lado de fora pedindo para que meu pai me deixasse sair, mas de repente escutei o som de algo batendo contra o chão, e minha mãe estava calada. Na época não entendia, mas hoje sei que ele bateu nela, fazendo-a cair no chão. Fechei meus olhos. Meu coração estava acelerado, minhas mãos suavam frio e o choro fluía, então ele gritou: "*Você só sairá quando aprender a parar de chorar e ser um homem de verdade.*" Tentei me conter, mas não entendia de fato o que ele queria com aquilo; só estava me dando mais medo e mais vontade de chorar, e acabei dormindo depois de horas chorando no escuro.

Quando acordei, bati na porta, dizendo ao meu pai que havia aprendido a ser um homem, mas não importava o quanto pedisse, ele não me ouvia. De repente a porta se abriu e Amber entrou, abraçando-me, enquanto dizia: "Vamos, saia." Recusei-me a sair, e ela ficou lá comigo até ouvir nosso pai chegar. Nesse momento, ela saiu, trancando a porta. Não demorou para a porta se abrir novamente e ele finalmente me deixar sair.

Chegando ao campus, fui direto ao meu quarto, e meu celular não parava de tocar. Chloe tem me ligado desde que soube do que aconteceu. Tranquei minha porta e desliguei a torre do celular; não estava a fim de conversar agora. Fechei as persianas e apaguei as luzes, deixando tudo em um completo breu. Peguei meus fones e deitei na ponta da cama, ao som de *Fear of the Dark*, da banda Iron Maiden, e assim fiquei até que tudo se acalmasse no meu peito.

Não sei quando foi que adormeci, mas meus fones continuavam a tocar, e acordei assustado, pontualmente às cinco e meia. Saí para correr, e dessa vez levei meus fones comigo; não estava a fim de pensar. Nos fones continuou a tocar Iron Maiden, mas agora ouvia *Chains of Misery*, que, ironicamente, me representava nesse momento. Segui para a aula e confesso que não consegui prestar muita atenção.

Decidi então fazer algo para recompensar Amber: comprei uma televisão bem maior, um novo tapete e objetos de decoração, assim seu quarto ficaria um pouco diferente e ela não precisaria lembrar-se sempre da cena. Meus pais mandaram instalar três novas fechaduras na porta do quarto dela e, por conta disso tudo, o campus estava achando que haviam arrombado um quarto e que precisavam de mais segurança.

Quando terminei o que vim fazer, tranquei tudo e segui para o meu quarto; precisava estudar, já que não aproveitei as aulas do dia. Assim que entrei, acendi as luzes e organizei meu material, mas, antes de sentar, escutei batidas na porta.

Abri na certeza de que seria Chloe.

— Alisson, o que faz aqui?

— Como pôde? Como pôde?! — perguntou, batendo em meu peito. Seus olhos estavam transbordando de raiva.

— Do que você está falando?

— Não, não faça o sonso, você sabe do que estou falando! Como foi capaz de fazer isso com ela?

— Não planejei nada disso. Ela me provocou, eu perdi a razão, mas não queria machucá-la, jamais faria isso de propósito.

— Não queria machucá-la? Queria o quê? Para mim está bem claro: se não quisesse, não a teria jogado no chão.

— Alisson, é melhor você ir, não se meta no que não te diz respeito.

— Ah, mas isso me diz respeito, sim! Ela é minha melhor amiga, e juro, Luke, se encostar mais um dedo nela, vou contar tudo ao meu pai e você irá para a prisão. Só não te denunciei ainda porque Amber me implorou.

— O que você quer que eu diga? Que eu me arrependo?

— Não, não espero isso de você. Na verdade, não espero nada, não de você — falou ela, virando-se para sair pelo corredor.

— Espere, o que mais ela te disse? — perguntei, segurando seu braço.

— Nada, não disse nada. Agora, para o seu bem, solte-me!

Como não a soltei, ela levantou a outra mão, que antes estava dentro da bolsa, tirando de lá um frasco e espirrando um líquido em meus olhos — spray de pimenta.

— Já falei para me soltar!

Com os olhos fechados, não larguei seu braço e puxei-a com força, colocando-a contra a parede e prendendo-a com meu corpo. Cada um dos meus braços ficou de um lado do seu corpo. Estava com raiva, meus olhos ardiam para caralho, meu rosto estava perto demais do seu, e eu era capaz de sentir sua respiração. Então, devagar, me afastei, entrando no meu quarto e deixando-a no corredor. Como uma pessoa tão pequena é capaz de gerar tantas emoções em mim?

Lavei meus olhos diversas vezes, mas eles ainda ardiam. Não esperava menos da filha do chefe de polícia; não duvido que carregue naquela bolsinha uma arma de choque também. Preciso parar de pensar nessa menina, preciso estudar, mas meus olhos doíam tanto que decidi dormir.

Acordei na manhã seguinte com o barulho do meu celular.

ALISSON:

É melhor não sair no sol hoje, seus olhos provavelmente estão sensíveis. Espero que ainda estejam doendo.

E lá se vai meu dia produtivo. Para me justificar, liguei para a reitoria e inventei uma desculpa qualquer ao reitor para não constar tais faltas no meu currículo — ser puxa-saco às vezes ajuda. Voltei para a cama e enviei uma mensagem para Amber, perguntando como ela estava. Não recebi nenhuma resposta dela, então me dei ao luxo de dormir até mais tarde.

Quando acordei, já passava da hora do almoço, e meus olhos ardiam menos, mas minha raiva por Alisson ainda ardia no meu peito. Graças a ela, estava perdendo o dia sem poder sair. Levantei-me e abri as persianas para entrar luz. Em seguida fui ao banheiro e lavei meus olhos várias vezes. O spray de pimenta forma uma camada oleosa difícil de tirar.

Já que não fui para as aulas, peguei meus livros de Direito e comecei a ler, mas, de repente, me perdi na leitura e meus pensamentos foram direto para o momento em que Alisson bateu em minha porta. Ela parecia uma leoa defendendo sua cria, e a verdade é que ela sempre foi muito de cuidar dos amigos. Às vezes, me pergunto quem cuida dela. Não que eu tenha algum interesse, apenas fico curioso, pois nunca a vejo triste, e ela está sempre sorrindo e soltando aquela risada escandalosa irritante. É impossível alguém ser feliz o tempo todo; todos temos dias ruins.

O barulho de alguém batendo em minha porta me fez voltar, tirando Alisson da cabeça. Abri a porta com um sorriso provocativo, que se desfez no momento em que vi Chloe. Definitivamente, não era ela quem eu esperava ver do outro lado da porta.

— Luke, seus olhos, o que aconteceu? — perguntou, entrando no quarto.

— É apenas uma alergia. O que faz aqui? — questionei, ainda segurando a porta.

— Vi que você não foi para a aula e imaginei que algo havia acontecido. Liguei mais cedo, mas você não atendeu — disse, sentando na cama.

— Achei que não atender seria o suficiente para que você entendesse que eu não estava a fim de conversar.

— Só estava preocupada.

— Bom, já viu que estou bem, agora pode ir, preciso estudar — falei, abrindo mais a porta.

— Nossa, tá bom, já estou indo — reclamou, levantando-se.

— Chloe — chamei-a — não se esqueça do que isto aqui é — falei, apontando para ela e depois para mim.

— Você nunca me deixa esquecer — disse ela, fechando a cara e caminhando até a porta.

— Eu não quero que crie esperanças, Chloe. Não é que eu não goste de você, o sexo é realmente bom, mas não esqueça que é apenas isso: sexo. Esse é o acordo desde o início, sempre fui sincero com você e não vou te enganar dizendo que podemos ser mais do que isso.

Ela não falou nada, seus olhos se encheram de lágrimas e ela saiu batendo os pés. Sei que pode parecer cruel, mas é a pura verdade; não vou mentir para que ela se sinta bem, imaginando uma coisa que não existe. Tomei uma água e voltei aos estudos, relendo tudo o que já havia lido quando me perdi em meus pensamentos. Pelo menos a visita de Chloe me fez conseguir parar de pensar e voltar para o que realmente interessava.

Quando terminei de ler, peguei meu celular para verificar se Amber havia respondido. Já faz uns quatro anos que, sempre que ela fica muito tempo sem me responder, acho que algo pode ter acontecido. Depois daquele dia em que meus pais a encontraram sangrando no banheiro, sofro com a ideia de ela tentar aquilo novamente. Mesmo ela estando bem melhor, a angústia e a dor daquele dia ainda me acompanham.

Quatro anos atrás

Fazia pouco mais de um ano que Ethan havia ido embora. Amber passou bem por um bom tempo e cheguei a pensar que ela o havia superado, mas de repente as coisas começaram a ficar estranhas. Ela e Alisson começaram a brigar com frequência e, no início, não entendi o que era; só percebi o tamanho do problema quando Alisson decidiu passar por cima do ódio que tinha por mim para pedir ajuda.

Ela havia acabado de discutir com Amber quando bateu à minha porta.

— Luke, precisamos conversar.

— O que podemos ter para conversar?

— Não começa, estou aqui porque amo sua irmã e ela está se destruindo.

— É só uma fase.

— Era uma fase há duas semanas. Até quando isso vai durar?

— Certo, o que está acontecendo? — perguntei, convidando-a para entrar.

— Não vou entrar, não pretendo demorar. Se ela me vir aqui, vai ser pior.

— Por isso é melhor entrar, pois uma hora ela vai sair do quarto e te ver aqui na minha porta.

Ela revirou os olhos, mas entrou, e eu me joguei sobre um pufe no canto do quarto, enquanto ela se sentava na minha cama.

— Amber tem se envolvido com pessoas diferentes, pessoas que nem ela mesma conhece. Seu critério de amizade agora é a pessoa ter uns comprimidos a mais para lhe dar. Basta isso para virarem melhores amigos.

— E o que podemos fazer?

— Se eu soubesse, não estaria aqui, ou acha que perderia meu tempo conversando com você?

— Bom, você conhece Amber, ela não aceita que digam o que fazer. Talvez, se apenas a deixarmos, ela perceba que está perdendo tudo e todos que a amam.

— Esse é o ponto: no momento, o que ela mais quer é fugir de tudo e de todos. Ela não vê isso, mas é tudo uma fuga.

— Posso falar com meus pais para que a impeçam de sair.

— Sabe que isso não vai dar certo. Ela pode não enfrentar seu pai quando está sóbria, mas a questão é que não sei se ela passa sequer um minuto sóbria. Ela tem tomado cada vez mais comprimidos.

— Sabia que ela andava tomando alguns remédios, mas não imaginava que as coisas estavam indo tão longe.

Ficamos os dois em silêncio até percebermos o quanto era constrangedor.

— Bom, só fique de olho nela para que não faça nenhuma besteira, e qualquer coisa, avise-me — falou ela, pegando um papel e anotando seu número.

— Então, agora trocamos mensagens como amigos? — perguntei para irritá-la.

— Tire seu cavalinho da chuva — retrucou, saindo do quarto.

Com o passar dos dias, foi possível perceber como Alisson estava certa. Todos os amigos haviam se afastado, e Amber começou a andar com um grupo de drogados. Sempre em festas, era quase impossível encontrá-la em casa, e, quando estava, dormia o dia inteiro.

Perdi as contas de quantas vezes precisei buscá-la em festas aleatórias, sempre chapada ou bêbada. Ela havia perdido o juízo, e nada que meus pais falassem ou fizessem a impediam de fazer o que queria. As coisas pioraram quando colocaram um cadeado em sua janela e bloquearam seus cartões na intenção fazê-la parar de comprar comprimidos. Como esperado, ela os enfrentou e ameaçou nosso pai. Foi aí que ele abriu mão de insistir; não que ele se importasse, o único problema para ele era a reputação, e ela havia ameaçado destruí-la.

Eu não queria deixá-la sozinha, por isso, sempre esperava ela sair para segui-la e tirá-la da festa antes de fazer qualquer merda além de se drogar, mas, como sempre, ela arrumava um jeito de me barrar. Começou um namoro com um traficantezinho, e o filho da puta colocou uma arma na minha cabeça, impedindo-me de levá-la para casa. Amber estava acostumada a conseguir tudo que queria, não importava o que custasse.

Os comprimidos começaram a dominá-la e era impossível ter qualquer conversa com ela. Estava sempre letárgica, e, sempre que estava em casa, eu entrava em seu quarto para ver se estava viva; sentava-me ao lado de sua cama e escutava sua respiração pesada. Ela deixou de frequentar a escola e todas as outras atividades de antes e só passou de ano devido à influência dos nossos pais, que doaram uma grande quantia para a construção da nova quadra esportiva.

Depois de meses nessa rotina, ela parou de sair e começou a ficar trancada em seu quarto. Dormia 24 horas por dia, não se alimentava ou praticava os cuidados básicos, e recusou todo e qualquer tipo de ajuda.

— Acho que devemos interná-la — falei ao meu pai.

— Isso está fora de cogitação, todos ficariam sabendo.

— Mas é a vida dela que está em jogo.

— Ela escolheu essa vida, não podemos fazer mais nada. Estamos dando de tudo, não está lhe faltando nada.

— SERÁ QUE NÃO PERCEBE QUE ASSIM ELA VAI ACABAR MORTA?! — gritei. Foi a primeira vez que enfrentei meu pai. Foi totalmente instintivo, e quando percebi o que havia feito, já estava no chão, com ele me chutando.

— Nunca mais levante a voz para mim, seu merdinha! — falou, pisando no meu rosto. — É assim que você deve me olhar, de baixo.

Nunca a música Ride the Lightning, da banda Metallica, me descreveu tão bem. Dentro de mim a agonia e o vazio cresciam. Talvez fosse exatamente isso que Amber estava sentindo.

Não demorou muito para que Amber fizesse o pior. Eles só entenderam a gravidade da situação quando a encontraram no chão do banheiro com os pulsos cortados.

Estava deitado em minha cama quando escutei os gritos da minha mãe. Corri, seguindo sua voz, e a encontrei no quarto da minha irmã. Havia sangue para todo lado. Meu pai subiu correndo para ver o que estava acontecendo, e acho que foi a única vez que o vi surpreso; seus olhos estavam arregalados, e por alguns segundos pensei que ele choraria, mas ele não derramou uma lágrima. Pegou seu celular e ligou para a emergência, que chegou rápido, levando-a ao hospital.

Enquanto estavam todos fora, esperando por notícias do estado dela, eu quis chorar, mas não consegui. A ideia de perder minha irmã estava me matando, mas homens não choram, não posso decepcionar mais o meu pai — preciso ser forte, preciso dar conta. Desci até a lavanderia, peguei um balde, alguns panos e um produto de limpeza, e ajoelhei-me no chão do banheiro do quarto dela, limpando cada gota vermelha existente.

Não demorou muito para Alisson ficar sabendo. A polícia havia sido notificada, e seu pai com certeza a avisou. Ela subiu as escadas correndo.

— Luke! — ela me chamou. — Luke! — Chamou mais uma vez, mas, dessa vez, entrando no quarto de Amber. Seus olhos cheios de lágrimas observavam o piso tingido de vermelho, e, de repente, ela me surpreendeu, pegando minhas mãos para que eu parasse de esfregar freneticamente o chão.

— Luke, olhe para mim, vai ficar tudo bem — falou, pegando meu rosto entre as mãos.

Da minha boca não saía nada além do ar que respirava. Alisson me fez levantar, enfiando-me debaixo do chuveiro com roupa e tudo. Ela esfregou suavemente minhas mãos e meus joelhos, e, em seguida, entregou-me uma toalha, virando-se de costas para que eu tirasse a roupa molhada. Enrolei-me na toalha e entreguei a ela minhas roupas.

— Vá se trocar, cuido disto aqui — disse, colocando as roupas no balde.

Fiz o que ela pediu e não sei quanto tempo demorei. Estava meio letárgico, mas quando voltei ela já havia limpado tudo. Seu rosto transparecia calma, uma calma assustadora, e já não havia lágrimas.

— Você está bem? — perguntei, sentando-me na poltrona perto da cama da minha irmã, onde Alisson estava sentada.

— Vou ficar, vamos todos ficar.

— O que fizeram com você? — perguntei, de repente.

— Não entendi.

— Quem te machucou dessa forma?

— Do que está falando, Luke?

— Você sabe do que estou falando. Está sempre recolhendo os pedaços dos outros, e quem junta os seus?

— Não estou quebrada, e mesmo que estivesse não precisaria de alguém para juntar meus pedaços.

— Ou talvez esteja tão quebrada que olha para os problemas dos outros para esquecer dos seus.

— Cale a boca, Luke. Não é porque estou aqui com você que somos amigos. Preocupe-se com sua irmã, sei cuidar de mim, faço isso há muito tempo.

Não falei mais nada, e ambos fechamos os olhos e deixamos nossas cabeças descansarem, esperando o telefone tocar com boas notícias, mas o tempo passava e eu continuava sem saber o que estava acontecendo.

Já se haviam passado duas horas desde que meus pais foram para o hospital e, como ninguém falou nada, decidi ligar para minha mãe.

— Mãe, como ela está? — perguntei.

— Ela ficará bem. Por sorte, a encontrei rápido. Agora descanse, querido.

Desliguei o telefone e só então percebi que Alisson estava dormindo. Seu semblante passava tranquilidade. Peguei meus fones e algumas almofadas e acomodei-me na poltrona, observando-a enquanto dormia, ao som de Stay With Me. Nunca havia reparado como Alisson era bonita.

Dias atuais

Quando Amber me respondeu, fiquei mais tranquilo, como se pudesse voltar a respirar. Ainda com o celular nas mãos, abri a conversa com Alisson e comecei a digitar: "Meus olhos ainda ardem...", mas apaguei em seguida. Não vou dar a ela esse gostinho. Desliguei a tela do celular e coloquei-o de lado. Comecei a guardar meus livros e ouvi quando chegou uma mensagem.

ALISSON:

Como estão seus olhos?

Ela estava querendo zombar de mim.

Preocupada? — respondi, tentando deixá-la irritada.

Nossa, muito, não imagina o quanto.

Não *sinto mais nada.*

O que quer dizer que eles ainda ardem. Minha noite acaba de melhorar.

Filha da mãe! Isso não podia ficar assim.

Então sua noite melhora quando pensa em mim?

Hahaha, não perco meu tempo pensando em você.

E o que está fazendo agora?

Só estou me certificando de que ainda sente dor.

Confesse: só queria falar comigo, mas não tinha nenhuma outra desculpa para isso.

Hahaha, aham, vai nessa.

Depois da última mensagem, coloquei meu celular para carregar, apaguei as luzes e fechei as persianas novamente, deixando-me ser consumido pelo breu do quarto. Meus olhos ainda ardiam, e eu os havia forçado um pouco ao estudar. Deitei-me na cama, pensando em tudo o que aconteceu nos últimos dias. É tudo muito intenso e cansativo: a volta de Ethan, as brigas com Amber e a Alisson no meu pé, como se eu fosse o traste do meu pai — odeio essa comparação. Sei que, muitas vezes, acabo agindo como ele, mas me recuso a ser como ele. A única coisa que quero é que ele se orgulhe de mim, que veja que me tornei alguém, mesmo sendo diferente dele.

19

Acordei cedo, ainda pensando em tudo. Precisava conversar com Amber. Queria deixar claro para ela como me sentia e o motivo de não querer que ficasse perto do Ethan. Saí do quarto vestido para correr, como sempre fazia, aproveitando a distância. Quando cheguei ao seu bloco, subi as escadas ainda no pique da corrida, entrei em seu quarto e logo percebi que ela não estava sozinha. Meu sangue ferveu nesse momento, então me sentei na cama e esperei até que eles saíssem do banheiro.

Não me surpreendi quando a porta se abriu e Ethan saiu do banheiro ao lado da minha irmã. Não pensei duas vezes antes de partir para cima dele, empurrando-o e acertando seu rosto. Amber, como sempre, tentou explicar e justificar, mas estava puto demais para ouvir qualquer coisa.

— Você é teimosa, Amber! Se eu falei para ficar longe dele é porque tenho meus motivos, mas você prefere pagar pra ver. Você vai deixá-lo te destruir mais uma vez, mas desta vez eu não ficarei para ver você se afundar.

Mal consegui encará-los, e me recusei a conversar com Ethan. Tudo que tinha que conversar, conversamos no passado. Saí do quarto, andando rápido, e só parei quando já estava do lado de fora. Respirei com dificuldade, pois a raiva muitas vezes me levava ao extremo. Tentei me acalmar, dando um soco na parede para aliviar. Nesse momento ouvi uma voz feminina atrás de mim.

— O que a parede fez desta vez? — perguntou Alisson, rindo.

Virei para encará-la. Esses olhos estrelados me deixavam mais nervoso. Segurei seus braços na lateral do corpo, virando-a e batendo suas costas contra a parede, deixando-a suspensa. Ela arregalou os olhos quando levei minha boca à dela. Por mais estranho que parecesse, ela se deixou levar pelo beijo. Beijei-a com muita voracidade, e, depois de alguns segundos, coloquei-a no chão e saí andando sem nem olhar por onde passava.

Não olhei para trás, não me permiti ver seu rosto novamente. Como se não bastasse toda a merda com Ethan e Amber, ainda precisava lidar com meus pensamentos em Alisson. Ela conseguia ser irritante mesmo estando só na minha cabeça.

Passei o resto do dia atordoado, faltei novamente às aulas, mas dessa vez não tentei me justificar, nem mesmo voltei ao meu quarto depois de encontrar Alisson. Saí vagando sem rumo e devo ter andado por horas. Parei em uma ou duas conveniências, pedi algumas cervejas, de que eu nem mesmo gosto, mas peguei uma quantidade considerável. Decidi voltar e cheguei ao meu quarto um pouco tonto devido à quantidade de álcool que havia consumido. Meu celular ainda estava na tomada quando o peguei e comecei a discar um número, seguindo em direção ao banheiro.

— *O que você quer, Luke?*

— Eu quero você, Alisson.

— *Você bebeu?*

— Talvez.

— *Você é um idiota.*

— E você beija muito bem.

— *Vá se ferrar, Luke, e nunca mais chegue perto de mim!*

— Está com medo de não resistir se estiver por perto? — perguntei, e, em seguida, debrucei-me sobre a privada e vomitei.

— *Ah, você está vomitando? Luke?*

De repente, deixei o celular cair dentro da privada junto ao meu vômito. Tentei pegá-lo a tempo, mas meus reflexos estavam comprometidos pela bebida, e nem mesmo conseguia me levantar.

Não sei se apaguei ou se estava delirando, mas pouco tempo depois vi Alisson entrando no banheiro puta da vida, me xingando. Em seguida ligou o chuveiro e me arrastou para perto da banheira, ajudando-me a entrar e sentar embaixo do chuveiro com água gelada.

— Essa água está gelada.

— É claro que está gelada, queria um banho quentinho?

— Seria bom. Por que não entra aqui também?

— Pelo visto já está melhor, né? — perguntou, enquanto pendia a cabeça para o lado. — Luke? Ah, meu Deus, vai apagar de novo? — falou, dando pequenos tapas no meu rosto.

— Ai, pare de me agredir, sua megera!

— Venha, chega de banho. Tome a toalha, vou pegar uma roupa pra você.

— Vai me trocar também?

— Nem sonha.

Alisson voltou poucos segundos depois, com uma troca de roupas.

— Aqui.

Ela deixou as peças na pia do banheiro e saiu, fechando a porta. Acho que estava realmente muito bêbado, pois não conseguia nem mesmo tirar a roupa molhada sem quase cair. Segurei-me na porta, fazendo o maior barulho. Alisson entrou imediatamente com a cara feia.

— Se contar isso a alguém, eu te mato — falou ela, tirando a minha roupa e vestindo a limpa.

Consegui andar até a cama, e depois disso simplesmente apaguei. Acordei com uma baita dor de cabeça e um mau humor lascado. Levantei-me um pouco desnorteado e fui até o banheiro escovar os dentes para tirar o gosto amargo da boca. Tudo o que eu queria era voltar para a cama, mas não queria ficar trancado no quarto outra vez.

Quando saí do banheiro, minha boca não conteve um sorriso ao ver Alisson dormindo no pequeno sofá ao lado da cama. Sentei-me na cama, olhando para ela. Dava para ver como era pequena, e devo admitir que ela é realmente linda com esses cabelos cacheados caindo sobre o rosto e os ombros. Dei um pulo quando a vi abrir os olhos.

— Que horas são? — perguntou ela, assustada.

— Não sei, acabei de acordar também.

Ela se sentou no sofá, arrumando o cabelo, antes de levantar e caminhar até o banheiro. Enquanto isso, levantei-me, pegando na geladeira alguns morangos. Meu estômago estava oco depois de tanto vomitar. Quando saí do banheiro, Alisson alcançou sua bolsa e foi até a porta.

— Obrigado — falei quando ela colocou a mão na maçaneta.

Ela não falou nada, apenas me encarou sem expressão, como se dentro de sua cabeça milhares de pensamentos se agitassem. Ainda com os olhos nos meus, ela girou a maçaneta na tentativa de abrir a porta, mas, em um impulso, peguei sua mão, impedindo-a. Agora seus olhos transpareciam dúvida e irritação, sua boca estava trêmula, e, quando deu sinal de que falaria alguma coisa, aproximei-me, fazendo com que tivesse de olhar para cima para me encarar. Estava a ponto de beijá-la, com um forte desejo de tomá-la em meus braços. Ao mesmo tempo que o desejo mexia comigo, pensava no motivo de ela ainda estar aqui, parada, me encarando. Por que não recua? Por que não me xinga e me bate? O que ela quer?

Sem pensar duas vezes, com a mão ainda sobre a dela, terminei de girar a maçaneta, abrindo a porta para que ela saísse. Nesse instante, quebramos o contato visual e ela saiu sem falar nada.

Não posso me envolver com a melhor amiga da minha irmã, não posso fazer o que ela fez comigo. Não é justo, e nem mesmo sei se sinto algo por ela ou se apenas estou confuso com toda essa situação. Não posso usá-la para ferir Amber ou para elevar meu ego, mas confesso que estava tentado a tomá-la para mim.

Fechei a porta e voltei aos meus morangos quando, de repente, alguém bateu na porta. Não era possível, ela não teria voltado, era orgulhosa demais para isso; provavelmente devia ser Chloe. Para a minha surpresa, a figura do outro lado da porta não era nada do que eu esperava.

— O que faz aqui, Ethan?

— Precisamos conversar como adultos, Luke.

— O que temos para conversar? Explica pra mim, pois não vejo nada que não tenhamos conversado no passado.

— Você sabe que amo a Amber, que quero ficar com ela, que quero construir uma vida ao lado dela.

— Agora você a ama? Agora que ela está bem? Que conveniente!

— Eu era um moleque. Quando me procurou, não tive reação.

— Não teve reação? A garota que você dizia amar estava se matando e você não fez nada.

— Não pense que não me culpo por isso, pois faço isso todos os dias.

— Acontece que a culpa não conserta nada. Ela precisava de você, Ethan. Abri mão do meu orgulho, fui contra o meu pai e te contei tudo, e o que você fez? Nada, você não fez nada, nem mesmo um telefonema, nada! Que amor é esse? Diga, pois não entendo.

— Do que adiantaria eu voltar e depois ter que deixá-la novamente? Como isso a ajudaria? Você sequer pensou nisso? Você me culpa o tempo todo por tudo que aconteceu, mas já parou pra pensar que grande parte do sofrimento dela também foi causado por você? Se tivesse me deixado explicar, se tivéssemos conversado, poderíamos ter chegado a uma solução. Não se esqueça de que fui embora por sua causa.

Não aguentava mais ouvi-lo, então segui até a porta, abrindo-a para que ele fosse embora. Ao abrir a porta, dei de cara com Alisson parada do outro lado da porta; suas mãos cobriam a boca sem acreditar em tudo que havia escutado.

— Está aí há quanto tempo? — perguntei.

— Tempo suficiente — disse ela, entrando no quarto e partindo para cima do Ethan.

— Você sabia? Sabia que ela não estava bem e não voltou? Quando vai contar a ela?

— Alisson, não se meta nisso — falei.

— Tarde demais, estou nisso até o pescoço.

— Alisson, não podemos contar, não agora, ela já está passando por muita coisa, e o que mudaria se ela soubesse? Não tenho como corrigir o passado — falou Ethan.

— O que mudaria? Tudo! Acha mesmo que ela estaria com você se soubesse? Não importa o que aconteceria depois, você deveria ter voltado e lutado por ela.

— Não é assim tão fácil. Isso vai destruí-la outra vez — disse Ethan.

— E vocês se importam? —perguntou ela, com a sobrancelha arqueada.

— Você sabe que sim — respondi.

— A única coisa que eu sei é que vocês dois quase a mataram, talvez mais de uma vez, Luke, e você sabe do que estou falando.

Sim, eu sabia do que ela estava falando; ela nunca ia me perdoar pelo que aconteceu no quarto com a Amber.

— Do que vocês estão falando? — perguntou Ethan.

— Não é da sua conta — respondi de forma ríspida.

Alisson ficou parada no meio do quarto nos encarando.

— Você a ama? Ama de verdade, ou está com ela para se redimir e se sentir menos culpado? Como você conseguiu olhar para as cicatrizes nos pulsos dela e não falar nada? Quer saber? — Ela fechou os olhos e respirou fundo. — Chega, vou embora.

— Vai contar a ela? — perguntou Ethan.

— Não, não vou facilitar pra você. Sabe que você é quem deve contar a ela.

Alisson me encarou com raiva e saiu. Em seguida olhei para Ethan para que fizesse o mesmo. Após sua saída, fechei a porta e me sentei na beirada da cama — eu era um dos culpados, talvez o maior deles, e a raiva me corroía.

20

Não sei quanto tempo fiquei perdido em meus pensamentos, mas fui arrancado deles quando senti algo acertar meu rosto. Meu pai estava no meu quarto e estava furioso.

— Imagine a minha surpresa quando cheguei ao escritório e recebi uma ligação do reitor me informando que o inútil do meu filho não aparece nas aulas? Quando vai parar de me envergonhar?

— Posso explicar.

— Explicar, explicar... Sempre a mesma ladainha, justificativas e mais justificativas para o seu fracasso. Às vezes penso que poderia ser você naquele banheiro quatro anos atrás, assim não me envergonharia dessa forma. Amber não é nada, mas ninguém espera coisas grandiosas de uma menina.

Como ele podia falar essas coisas e se intitular um pai? Levantei-me e parti para cima dele, acertando seu rosto, mas ele era grande e me derrubou em seguida, chutando meu estômago algumas vezes.

— Eu tenho nojo de você, seu merdinha! — falou, antes de me chutar pela última vez e sair do quarto.

Meu estômago urrava de dor. Tentei me levantar, mas não consegui. As lágrimas começaram a brotar dos meus olhos. Tentei contê-las, mas era impossível impedi-las de cair, e sendo assim, entreguei-me à dor e deixei que ela saísse junto ao grito que estava preso em minha garganta. Fiquei deitado no chão, sentindo meu corpo e minha mente se acalmando conforme o choro ia cessando. Deitei-me de barriga para cima, encarando o teto.

Quando a dor diminuiu, levantei-me, peguei uma cerveja na geladeira, liguei a televisão e sentei-me no sofá como se nada tivesse acontecido. Precisava fingir, pois se deixasse a dor que sinto me dominar, realmente poderia ser eu naquele banheiro. É difícil admitir, mas não há nada que doa mais que o desamor de nossos pais.

Com o álcool, a sexta passou sem que eu percebesse. Depois de tudo que bebi, acordei no sábado com a maior dor de cabeça, mas me levantei, pois precisava comprar um novo celular. Peguei meu carro e saí sem pressa. Quando cheguei ao shopping, comprei um celular e aproveitei para tentar recuperar todos os meus contatos; por sorte, não perdi nada, nem mesmo meu número.

Por ser final de semana, deveria estar indo para casa como de costume, mas a última coisa que queria ver era a cara do meu pai. Parei em uma conveniência para comprar mais cervejas, e, por mais que não tivesse o costume de beber, ultimamente era o que me tranquilizava. Conforme passava pelas prateleiras, as palavras do meu pai gritavam na minha cabeça, e após alguns minutos encarando as diversas bebidas acabei saindo sem levar nada.

Peguei meu telefone e liguei para o reitor pedindo uma chance de fazer as matérias que havia perdido. Em questão de segundos recebi em meu e-mail uma lista das matérias que precisava pôr em dia. Voltei para o campus e me afundei nos livros.

As horas passaram depressa, não parei um minuto, nem mesmo para comer. Faria isso e daria orgulho ao meu pai.

Quando meu estômago começou a gritar de fome, decidi parar e comer alguma coisa. Escutei meu celular tocar, mas o ignorei. O celular voltou a tocar; fosse lá quem estava me ligando, não parecia disposto a desistir. Alcancei o aparelho e vi as diversas chamadas perdidas de Ethan. No mesmo instante, o celular voltou a tocar. O que poderia ser de tão importante?

— O que quer, Ethan?

— Acabo de receber um homem detido por agressão sexual — falou, pausadamente.

— E o que tenho a ver com isso?

— A vítima é a Amber.

— Onde ela está?

— Levaram-na para o hospital, o mesmo da última vez... — Desliguei antes mesmo de ele terminar de falar.

Peguei minhas chaves e saí, mas antes de seguir até o hospital parei no prédio onde Alisson ficava no campus, subi correndo e comecei a bater na porta sem parar. Não demorou muito para uma garota abrir a porta.

— Onde está Alisson? — perguntei.

A garota me olhou com cara feia e, em seguida, chamou a colega de quarto.

— O que faz aqui, Luke?

— Pegue suas coisas e venha comigo.

— Está louco? Por que eu faria isso?

— Porque Amber está no hospital.

Sem falar nada, ela entrou e voltou em alguns segundos com a bolsa na mão.

— O que aconteceu? Se você a machucou outra vez, eu juro por Deus, Luke... — ela começou com a ameaça, mas a cortei antes que terminasse.

— Não sei direito o que aconteceu. Ethan ligou falando que… — comecei a falar, mas ela me interrompeu.

— Ethan te ligou? Por que o Ethan te ligaria? Oh, meu Deus!

— O que foi? Sabe de alguma coisa?

— O que Ethan falou?

— Que prenderam um homem por agressão sexual e que a vítima era Amber.

— Filho da puta, sabia que algo estava errado!

— Do que você está falando? — perguntei, mas ela pareceu não me ouvir.

De repente Alisson começou a chorar. Tentei pegar uma de suas mãos, mas ela a puxou de uma vez, enxugando as lágrimas.

Ao chegar ao hospital, nossa entrada não foi permitida. Avistei Ethan parado na recepção e fui falar com ele.

— O que está acontecendo? Por que não podemos entrar?

— Primeiro, porque estão fazendo os exames e colhendo o depoimento dela, e, segundo, porque ela não permitiu a entrada de ninguém.

— Como assim? Eu vou entrar, ela precisa de mim — falou Alisson.

— É melhor esperarmos, parece que chamaram a psicóloga dela. Talvez depois disso consigamos entrar.

Depois de alguns minutos esperando, vi meus pais entrarem no hospital; como sempre, minha mãe estava chorando, enquanto meu pai estava com a cara fechada, insatisfeito por estar perdendo seu tempo mais uma vez. Ele me olhou decepcionado como se tudo fosse minha culpa, como se não a tivesse protegido e, mais uma vez, as atitudes da minha irmã me prejudicaram frente ao meu pai.

Amber sempre tem que se envolver com pessoas que farão mal a ela, e quem sempre paga por isso é a nossa família. Estava cansado de tudo isso, cansado de tentar orgulhá-lo e sempre fracassar.

— Ethan, pode levar Alisson para casa? — perguntei.

— Aonde você vai?

— Tenho coisas mais importantes a fazer do que ficar aqui esperando a boa vontade da minha irmã — falei, com amargura, virando-me para sair.

— Espera, não pode fazer isso, ela vai precisar da gente — disse ela, segurando meu braço.

— Ela toma as decisões dela, e até quando vamos ter que pagar o preço? — questionei, tirando sua mão e seguindo para o estacionamento.

— Está se escutando, Luke? Não pode culpá-la — reclamou, logo atrás de mim.

— Ela se envolveu com seja lá quem for — falei, parando em frente ao meu carro.

— Como sempre, para homens, como você, a vítima é sempre a culpada. Ela não pediu para ser violentada.

— Ah, Alisson, por favor! É impossível que ela não tenha percebido que o cara não prestava, e, se decidiu continuar mesmo assim, assumiu o risco.

Alisson me olhou com raiva, e sem que percebesse, acertou meu rosto com a palma da mão. Não satisfeita, levantou a mão para dar outro, mas a segurei antes, aproximando-me o suficiente para sentir sua respiração.

— Solte-me — disse ela, debatendo-se em meus braços.

— Não tente me bater outra vez.

— Por quê? Vai me bater de volta? Vá em frente, faça como seu pai, vocês são iguaizinhos.

— Nunca mais fale isso! — eu disse, soltando seus braços para segurar seu rosto com as duas mãos.

Alisson tem essa capacidade de me tirar do sério, de me fazer sentir um misto de emoções boas e ruins. Ao mesmo tempo que é o meu tormento, é o meu alívio, e, sem pensar, tomei sua boca com a minha. Nos primeiros segundos, ela pareceu aceitar minha investida, mas em seguida comecei a sentir uma dor forte entre as pernas — ela estava apertando minhas bolas com toda a força. Larguei-a em seguida.

— Não chegue perto de mim outra vez — falou, limpando a boca como se tivesse nojo, e saiu batendo os pés.

Alcancei minhas chaves e entrei puto no meu carro. Assim que dei a partida, o rádio ligou e, como uma infeliz coincidência, tocou My Heart is Broken, da banda Evanescence. Fiquei alguns minutos parado, esperando a dor passar. Cravei minhas unhas no volante, batendo a cabeça nele; o que mais doía era ver aquele olhar estampado em seu rosto, o mesmo olhar que meu pai me dava sempre que se sentia frustrado.

Estava há duas horas no estacionamento, e os minutos se tornaram horas. Era como se não comandasse meu próprio corpo. Só voltei a me mexer quando vi Ethan e Alisson saindo. Notei quando seus olhos caminharam em minha direção, como se esperassem me encontrar ali, mas, assim que seu olhar encontrou o meu, ela virou o rosto. Nesse momento, dei partida no carro e saí acelerando.

Quando cheguei ao campus vi um número grande de repórteres cercando meu prédio. Conforme eu caminhava, vários deles me cercaram.

— Senhor Davies, desde quando sua irmã vinha mantendo um relacionamento com um dos professores? — perguntou uma repórter.

— Não sei do que está falando — respondi de forma ríspida, voltando para o meu carro. Seria impossível ficar ali.

Fui direto para a casa dos meus pais, e a situação não estava muito diferente por lá: vários repórteres à espera de uma resposta. A diferença é que a polícia cobria a casa. Ser de uma família influente tem seu custo, e, assim que estacionei o carro, fui escoltado por alguns policiais para dentro de casa. Não fiquei surpreso quando entrei e encontrei meu pai com um copo de uísque sentado em uma poltrona na sala, enquanto via o que os noticiários falavam sobre sua "preciosa" família.

— Preocupado? — perguntei, chegando perto da poltrona.

— O que faz aqui?

— Achei que neste momento ia querer a família reunida como sinal de força e apoio. Além disso, o campus não está muito diferente daqui — falei, dando um sorriso debochado.

— Você acha graça? Você não tem nem mesmo a capacidade de saber com quem a vagabunda da sua irmã está indo para a cama.

— Não tenho como vigiá-la 24 horas por dia.

— O dinheiro existe para isso: comprar as pessoas, comprar aliados. Você tinha apenas uma tarefa: mantê-la na linha, mas nem isso conseguiu.

Afastei-me e fui em direção à escada, quando senti algo passar voando ao lado da minha cabeça, acertando a parede e espalhando o líquido e os pedaços de vidro pelo chão.

— Não vire as costas para mim, seu merdinha! Agora limpe isso, se é que é capaz de fazer essa simples tarefa.

Encarei-o por alguns segundos, virando-me para buscar o aspirador, mas, antes de sair do lugar, minha mãe apareceu com um novo copo de uísque e o aspirador.

— Suba, Luke — pediu ela, baixinho.

Conforme subia, senti o olhar do meu pai cravado em minhas costas, mas não olhei para trás. Entrei em meu quarto, peguei meu celular e enviei uma mensagem de texto para Amber.

Como você está?

Sem resposta, tentei falar com Alisson para saber, mas ela bloqueou meu número. Deitei a cabeça no travesseiro e me deixei adormecer, sem vontade de acordar no dia seguinte, e nem nos próximos.

21

Amber saiu do hospital dois dias depois do ocorrido, e desde então estamos presos dentro de casa. Na segunda tentei voltar ao campus, mas meu pai informou que estávamos afastados das aulas por um tempo para nossa "segurança". O que na verdade ele quis dizer é que assim vamos ficar debaixo dos seus olhos, evitando qualquer outra coisa que o faça passar vergonha.

Liguei a televisão e me deparei com um depoimento "emocionado" do meu pai, falando o quanto se sente mal pelo que ocorreu com a filha. Como sempre, ele pegou a situação e usou a seu favor para se mostrar um pai exemplar e muito cuidadoso.

Quando desliguei a televisão, escutei o telefone fixo tocar e desci para atender.

— Residência dos Davies.

— *Luke, Amber está?*

— Alisson?! Está mesmo ligando para perguntar da Amber ou queria ouvir minha voz?

— *Luke, não estou a fim de brincadeira, ela está em casa?*

— Tentou o celular?

— *Se estou ligando aqui é porque já tentei no celular.*

— Bom, é para estar, estamos vivendo em cárcere privado.

— *Sabe que ela não precisa de porta para sair, né?*

— Como se fosse possível esquecer. Vou subir para ver.

Deixei o telefone na mesa e fui procurá-la. Tive que abrir a porta do quarto com uma chave-reserva e logo percebi que ela havia usado o velho truque dos travesseiros na cama para sair escondida.

— *E aí?*

— Ela não está. Agora explica o que está acontecendo.

— *Sebastian fugiu da prisão e Amber pode estar correndo perigo.*

— Merda, Amber! — pensei em voz alta.

— *Vou continuar tentando falar com ela* — disse ela, desligando o telefone.

Tentei encontrar em seu quarto algo que indicasse para onde ela havia ido. Depois de olhar por tudo e não encontrar nada, ouvi a campainha tocar e desci para abrir, mas, antes de descer totalmente a escada, vi Alisson e Ethan entrarem. Minha mãe os recepcionou, confusa, e eu estava começando a ficar também.

— Alguma notícia? — perguntei.

— Não — respondeu Ethan.

— Ela não atende as minhas chamadas — falou Alisson.

— Continue ligando, vou ligar também, assim vão cair chamadas seguidas no celular e ela vai atender. Quando isso acontecer, vou rastrear a chamada — falou Ethan.

Fiquei nervoso, andando de um lado para o outro, pensando onde ela poderia estar, e de repente escutei Ethan ao telefone. Ela havia atendido à chamada.

— Como não pensei nisso antes? Você está com aquele traficantezinho? Não saia daí, estou indo te buscar — falou ele, visivelmente irritado.

— Acha que ela pode estar se drogando novamente? — perguntei.

— Não sei, ela me garantiu que Noah não forneceria nada para ela, mas não sei no que acreditar — falou Alisson.

— Você sabia que ela estava se encontrando com ele? — perguntou Ethan.

— Não que estava se encontrando com ele, mas que o havia encontrado há alguns dias.

Ethan não falou nada, apenas olhou para Alisson com raiva e saiu, batendo a porta.

— Parece que irritou o policial — ironizei.

— Vá se ferrar, Luke!

Coloquei meu fone ao som de Here Without You, da banda 3 Doors Down. Ela me odeia, mas confesso que tenho nutrido certos sentimentos por ela, e ultimamente tenho esperado os dias em que ela vem ficar com Amber para vê-la. Alisson é uma mistura de doçura e selvageria; ela acolhe, mas também sabe bater.

— Dá para parar de me encarar? — pediu ela, irritada.

Dei uma risada e continuei olhando para ela, que me encarava com raiva.

— Você é insuportável, Luke — falou, levantando e indo para a cozinha.

Sentei-me no sofá da sala e meus pais foram para fora de casa, esperando Ethan voltar. Não demorou muito para Amber voltar, entrando em casa, furiosa. Alisson, que foi até a porta quando a ouviu abrir, seguiu-a escada acima, e em seguida Ethan entrou com meus pais.

— Como nos velhos tempos — falou meu pai, dando um tapinha nas costas de Ethan. Foi só saber que ele é policial que meu pai virou seu "melhor amigo".

Olhei para os dois e saí, subindo para meu quarto.

— Luke, espere — chamou Ethan logo atrás.

— Não, eu não vou fingir que está tudo bem e "voltar aos velhos tempos".

— Luke! — meu pai me repreendeu.

— Ah, não fode! — falei, saindo sem esperar resposta.

Entrei em meu quarto, liguei a televisão e o Playstation para conseguir me distrair, jogando Horizon Zero Dawn. Faz muito tempo que não perco umas horas do meu dia jogando. Com a faculdade, quase não sobra tempo, mas, como estamos afastados, posso me dar a esse luxo.

Depois de jogar por horas, escutei a porta do quarto de Amber se abrir e a vi saindo, mas não demorou a voltar. Preparei-me para dormir, pois já era bem tarde, então escutei a porta novamente e observei Alisson saindo devagar, como quem não quer ser vista. Esperei-a descer para ir atrás, mas em silêncio, para não acordar Ethan, que dormia no sofá.

Já lá embaixo, vi-a abrir a geladeira. Devagar, posicionei-me logo atrás da porta e, quando ela a fechou, assustou-se, deixando a garrafa de suco de laranja cair no chão, molhando tudo. Furiosa, ela foi em minha direção pronta para socar a minha cara, mas, devido ao chão molhado, escorregou e agarrou minha camiseta, fazendo-me cair também. Agora estávamos os dois sentados no chão da cozinha, molhados de suco de laranja. A cena foi tão engraçada que não segurei a risada, e não sei como Ethan não acordou com o barulho.

— Você é um idiota — falou, tentando se levantar.

— Foi engraçado, deve admitir — disse, puxando-a de volta e fazendo seu rosto ficar a milímetros do meu.

Ela não respondeu, mas soltou uma risada.

— Você fica bem mais bonita quando sorri — comentei, segurando seu queixo.

— Está admitindo que sou bonita?

— Eu nunca disse o contrário.

Está escuro, mas consegui ver em seu rosto um sorriso tímido se abrindo. Ainda segurando seu queixo, puxei-a para mais perto e coloquei minha boca na sua, dando-lhe um beijo suave. Ela não me afastou e também não recuou. Afastei-me um pouco para poder olhar em seu rosto.

— O que está fazendo? — perguntou ela.

— Estou te beijando — respondi, ao me aproximar para tomar sua boca outra vez, mas ela me impediu com a mão.

— O que está fazendo? Por que isso agora? — Ela parecia realmente confusa.

— Eu não sei, não dá para você só curtir o momento?

— Só curtir o momento? O que você quer, Luke? Quer magoar a Amber? Quer dar o troco?

— Não — respondi, franzindo a testa.

— Então, o que você quer? — perguntou ela mais uma vez, e senti no fundo da sua voz que estava prestes a chorar.

— Alisson, desculpe-me — falei, abraçando-a e fazendo com que sua cabeça repousasse sobre meu peito. Fiquei surpreso por ela não me afastar, e, mais ainda, por se permitir chorar na minha frente. Desde que conheci Alisson, nunca a vi chorar.

Meu coração começou a bater rápido demais e me perguntei o que ela pensava ao ouvi-lo tão acelerado. Nem mesmo eu sei o que pensar. Minutos depois, Alisson levantou a cabeça e me olhou como se agradecesse. Era orgulhosa demais para agradecer; não que eu esperasse qualquer agradecimento.

— Como vou explicar para Amber isso tudo?

— Não precisa, vamos até a lavanderia passar uma água nas roupas e colocar na secadora. Em quinze minutos estará vestida e pronta para voltar a dormir.

— Não está achando que vou tirar a roupa na sua frente, né?

— Já te vi de biquíni diversas vezes, não vai fazer diferença.

Descemos até a lavanderia, tirei minhas roupas e coloquei-as em um balde. Alcancei um short que estava nas roupas lavadas e estendi a mão, sem olhar para ela, esperando suas roupas. Não demorou muito para elas estarem em minhas mãos. Em seguida, entreguei-lhe uma toalha e peguei uma cueca limpa para mim.

— A calcinha — pedi.

— Está brincando?

— Não, te dei a toalha para que pudesse tirá-la.

— Não precisa, trago sempre uma reserva na bolsa, posso trocar depois.

— Tudo bem — falei, enchendo um balde com água e sabão. Enquanto mexia as roupas dentro da água para tirar o suco, sentia que ela me observava.

— Quando foi que aprendeu a lavar roupas?

— Na faculdade.

— E seu pai sabe que faz isso?

— Não, ele jamais permitiria. — Eu ri. — Diria que isso é coisa de mulherzinha.

— Onde estava escondendo esse Luke? Gosto bem mais dele.

— Então, você gosta de mim? — perguntei, com deboche.

— Não fode, Luke — falou ela, rindo.

Sentamos em um sofá velho que meus pais deixavam na lavanderia e o silêncio constrangedor se instalou — tudo que podíamos ouvir era a secadora.

— Alisson? — perguntei, aproximando-me dela devagar.

— Oi — respondeu ela, endireitando-se.

— Já que gosta desse Luke, deixe-me beijar você mais uma vez — falei, quase sobre ela, colocando uma mão em sua nuca e a outra em sua cintura. Ela não respondeu, então deixei minha testa colar na dela. Estávamos tão próximos que respirávamos o mesmo ar. Sem falar nada, ela avançou, dando-me abertura para tomá-la em meus braços.

Puxei seu corpo para se encaixar no meu, e a toalha que a cobria caiu. Desci a boca para seu queixo, e depois, para o pescoço. No mesmo momento Alisson deixou a cabeça cair para trás, e eu beijei cada pedaço do seu pescoço, descendo um pouco mais, e quando cheguei à altura dos seus seios, levantei o olhar para ver sua expressão, mas ela estava de olhos fechados, com a cabeça inclinada para trás. Tomei um dos seus seios na boca e ela soltou um pequeno suspiro, arqueando o corpo como se pedisse mais. Continuei a provar o sabor do suco de laranja que ainda estava nela, misturado com sua pele — era incrível.

Conforme ela permitia, mais eu descia. Mordi a borda da calcinha para indicar que iria tirá-la, e Alisson não se opôs. Desci minhas mãos para tirá-la por completo, levantando suas pernas e beijando seu tornozelo. Fiz um caminho de beijos em sua perna, até estar entre suas coxas. Mergulhei minha boca em sua cavidade, e ela suspirou mais alto do que antes. Nunca imaginei ter Alisson assim em meus braços, muito menos nessa posição. Conforme deixei minha língua passear por toda a sua cavidade, ela prendeu os dedos em meus cabelos, segurando-os com força. De repente, com um puxão, levantou meu rosto, reivindicando minha boca, mas, em seguida, me afastou.

— Desculpe, Luke, não podemos fazer isso.

— Está certa, não podemos — concordei, suspirando fundo. — A secadora parou, vamos pegar suas roupas — falei, levantando-me do sofá e tentando ajeitar minha ereção na cueca.

Alisson se aproximou, enrolada novamente na toalha, para alcançar suas roupas, e conforme se aproximava eu senti seu cheiro mais uma vez. Sua respiração estava cortada. Deixei meus olhos se fixarem nos seus, e então ela me beijou, passando as mãos em volta do meu pescoço. Levei minhas mãos às suas pernas, levantando-a e colocando-a em cima da secadora.

O beijo era violento. Com os pés, ela abaixou minha cueca e se aproximou da borda da lavadora, deixando que eu me enterrasse nela. Soltei um suspiro quando a preenchi por completo e ela me beijou com mais força.

— Eu não tenho um preservativo aqui — falei, preocupado.

— Tudo bem, eu tomo anticoncepcional há alguns anos.

Mantive meus olhos nos dela e comecei a movimentar meus quadris, enquanto ela me acompanhava. Não demorou muito para que ela atingisse o ápice, aumentando a velocidade, e quando cheguei ao meu limite, entreguei-me à sensação, encostando minha testa na dela e respirando com dificuldade. Ambos ficamos sem reação depois de tudo, e, sem falar nada, ela se vestiu e correu para cima.

Terminei de me vestir e subi, levando um pano para secar o suco. Na cabeça, ficaram as imagens dos últimos minutos com ela.

22

Depois de limpar o suco do chão, subi para me deitar. Demorei para dormir, pensando na loucura que estávamos fazendo e em quanto isso podia magoar Amber. O envolvimento com Alisson não tinha nada a ver com o fato de ela ser a melhor amiga da minha irmã, mas era o que realmente parecia, e eu não sabia se estava disposto a lidar com isso.

Quando acordei pela manhã, dei de cara com Alisson saindo do quarto de Amber. Ela mal me olhou nos olhos e desceu correndo as escadas. Escutei sua conversa com Amber e esperei até que ela saísse e minha irmã voltasse para o quarto, então, desci as escadas. Entrando na cozinha, vi os respingos de suco no armário e na geladeira. À noite eu limpara apenas o chão para não acender a luz, pois Ethan dormia na sala.

Tomava meu café quando escutei a campainha tocar.

— Luke, vim ver a Amber.

— Olá, Liz, pode entrar. Ela subiu faz pouco tempo.

— Poderia avisá-la que cheguei?

— Claro.

Subi correndo as escadas, bati duas vezes em sua porta, mas ela não atendeu. Quando abri a porta, ela não estava lá. A janela estava trancada com o cadeado, o que indicava que ela não havia saído. O banheiro estava silencioso, silencioso demais, na verdade, e em uma fração de segundo voltei àquele dia em que a encontramos quase sem vida. Meu estômago se embrulhou e fiquei com medo do que encontraria.

Assim que abri a porta, vi-a submersa na banheira. Sem pensar, puxei sua cabeça para fora da água. Meu coração quase parou de bater quando a vi e não sei como minha voz saiu ao perguntar o que ela estava fazendo, mas acredito que não foi de uma forma suave, pois ela começou a chorar em seguida. Fiquei um tempo com ela e tentei acalmá-la, avisando que Liz havia chegado.

Já fora do quarto, caminhei até a escada, quando senti um aperto no peito. O ar entrava, cortando minha garganta como se não respirasse há muito tempo. Liz me observava lá debaixo.

— Luke, está tudo bem? — perguntou ela, subindo para me encontrar.
— Está tudo bem, respire devagar, deixe o ar entrar e sair com calma.

Fiz o que ela disse, mas não queria que ela se preocupasse comigo.

— Obrigado, Liz, está tudo bem agora. Pode entrar e esperar, ela vai se trocar.

Ela concordou com a cabeça e entrou no quarto da Amber, fechando a porta em seguida.

Entrei no meu quarto, já mais calmo, peguei meu celular e tentei ligar para Alisson, mas as chamadas foram direto para a caixa de mensagens. Tentei escrever uma mensagem de texto, mas vi que ainda estava bloqueado. Entrei no Instagram e não estava bloqueado por lá, então comecei a digitar uma mensagem.

Não esperava que fosse tão infantil a esse ponto. O fato de te ligar não é porque estou perdidamente apaixonado por você, mas sim porque sua amiga não está bem, e eu estou preocupado. Encontrei Amber submersa na banheira agora há pouco. Talvez com isso você se importe. E vê se cresce, foi só uma transa boa, nada mais do que isso.

Desliguei a tela do celular e peguei meu computador, tentando buscar toda e qualquer informação sobre Sebastian. Alcancei novamente meu celular; precisava fazer uma ligação.

— Ethan.

— *Luke? Aconteceu alguma coisa?*

— Quero sua ajuda para encontrar Sebastian.

— *Luke, deixe isso com a polícia.*

— Ethan, você me deve isso. Ajude-me a encontrá-lo. Sabe que, tratando-se do sistema de justiça, nenhuma lei irá nos ajudar. Ele tem amigos poderosos, não podemos deixar que venha atrás dela.

— *Tudo bem, vou levar tudo que tenho sobre ele, tentarei encontrar algo mais.*

— Amber não pode saber.

— *Certo.*

***

Trinta dias se passaram, e nada de Sebastian aparecer. As informações que conseguimos não nos levaram a lugar nenhum. O cara havia sumido do mapa e tudo o que existia a seu respeito havia sumido também; com certeza ele sabia o que estava fazendo. Estava deitado na cama com meu notebook quando escutei meu celular tocar.

— *Luke, encontrei alguns endereços onde ele pode estar.*

— Certo, vamos até eles.

— *Quando anoitecer... Agora é muito arriscado. Precisamos de mais alguém que saiba usar uma arma, pensei...*

— Não está pensando naquele cara, está?

— *Ele sabe usar uma arma e conhece muito bem a região. Além disso, quer o mesmo que a gente; ele será útil.*

— Certo, vou ligar para ele.

— *Saímos às oito. Encontre-me três casas abaixo da sua.*

Desliguei a chamada, procurando o número de Noah. Por mais que não gostasse dele, Ethan tinha razão: ele seria útil.

— Noah?

— *Sim, quem fala?*

— É o Luke, irmão da Amber.

— *Aconteceu alguma coisa?* — perguntou ele, e pareceu-me realmente preocupado.

— Precisamos da sua ajuda. Ethan encontrou possíveis endereços do Sebastian, e hoje às oito horas iremos atrás dele. Precisamos que venha com a gente.

— *Certo, contem comigo.*

— Encontre-nos três casas abaixo da minha e traga sua arma. Ethan explicará tudo.

— *Vamos pegar esse desgraçado!* — falou ele, desligando a chamada.

Sentei-me na cama, ligando a televisão para esperar o tempo passar, e sem perceber me peguei refletindo sobre tudo o que aconteceu nos últimos dias. Apesar de toda a merda, momentos bons também estiveram presentes. Amber não sabia, mas eu estava frequentando um terapeuta. Após aquele episódio na escada, percebi que a presença de um psicólogo pode nos ajudar mais do que imaginamos. Liz me indicou um colega de trabalho chamado Dominic, e confesso que no início não queria ir. A voz do meu pai invadia minha cabeça sempre, falando que homens não fazem terapia. Era por isso que arcava com as sessões com o dinheiro que recebia todo mês, assim não precisava me explicar pra ele nem pra ninguém.

Depois daquela crise, vieram outras, e tudo se intensificou com a busca por Sebastian. O desejo de encontrá-lo juntou-se à ansiedade, fazendo-me surtar algumas vezes. Não tivemos grandes resultados, mas as crises diminuíram. Ainda é difícil controlar a minha raiva; é como se algo me tomasse de uma forma que me fizesse perder toda a razão.

Com o passar dos dias, a rotina foi voltando ao normal, e a falta de notícias do paradeiro de Sebastian fez com que todos relaxassem, menos eu, que continuava procurando por ele. Um ponto positivo disso tudo é que Amber e eu nos reaproximamos. Quanto a Alisson, não temos nos falado desde a mensagem que mandei pelo seu Instagram. Não fiz questão de procurá-la, e, pelo visto, ela também não.

As horas passaram rápido e o relógio estava prestes a marcar oito horas. Troquei de roupa e saí de casa no horário combinado. Vi os carros de Ethan e de Noah parados mais para baixo, e caminhei até encontrá-los.

— E aí, como vai ser? — perguntei, entrando no carro de Ethan. Noah já estava sentado no banco do passageiro.

— Descobri que Sebastian fugiu com a ajuda de policiais corruptos. Quando encontramos a cela vazia, não havia sinais de arrombamento, e pelas câmeras de segurança da entrada vimos que ele saiu disfarçado. No entanto, ainda não sabemos quem o ajudou — Ethan nos explicou.

— O filho da puta tem muita grana, é possível que já tenha se safado da cadeia outras vezes — disse, irritado.

— Sim, provavelmente. Desconfiamos inclusive de que ele não se chame Sebastian — Ethan completou.

— Quer dizer que ele pode ter uma identidade falsa? — perguntou Noah.

— Talvez mais do que uma, mas isso só é possível de descobrir quando o pegarmos.

— Então vamos! Não podemos mais esperar — falei, apressando-os.

— Certo. Temos três possíveis localizações: a primeira e mais óbvia é a casa em que vivia; a segunda é um galpão de artes registrado no nome dele; e, por fim, uma cabana do outro lado da cidade, em um lugar bem deserto. Pensei em seguirmos essa ordem, do mais perto para o mais distante. Acredito que devemos ir todos no carro do Noah. Meu carro poderia ser facilmente identificado, e o seu também, Luke, já que ele sabe quem nós somos.

— Certo, então vamos — falou Noah, saindo do carro.

Assim que entramos, Noah deu a partida, seguindo a orientação do GPS. A primeira casa realmente não era longe. Levamos vinte minutos para chegar até lá. A casa estava toda pichada e com cartazes chamando-o de estuprador, entre outros nomes. Passamos em frente à casa e estacionamos um pouco adiante.

— É o seguinte: vocês dois vão rondar a casa e tentar entrar. Luke, leve esta arma de choque. Noah está armado também. Se o encontrarem, tentem não o matar.

— E você? — perguntou Noah.

— Preciso garantir que nenhum vizinho ligará para a polícia, então, farei a ronda. Este é um bairro familiar, e qualquer movimentação suspeita gera uma ligação para nós.

— Certo; vamos? — perguntei a Noah.

Ele respondeu com a cabeça e seguimos para os fundos da casa. Olhamos pelas janelas, mas não havia nada que indicasse que alguém vivia ali; estava tudo apagado, e uma das janelas estava quebrada, permitindo assim a passagem de luz. Nesse momento algo se moveu dentro da casa e, sem pensar, terminei de quebrar a janela, pulando para dentro.

Noah correu em minha direção, mas eu já estava dentro da casa. Ele entrou pela janela, enquanto eu iluminava o caminho com o celular, até ver um corpo humano parado em um canto — era um homem. Seria Sebastian? Peguei-o pelo colarinho da camiseta e joguei-o no chão. O homem se debatia conforme eu o segurava, e Noah iluminou seu rosto com o celular, mas ele estava sujo demais para conseguirmos reconhecê-lo.

— Qual o seu nome? — perguntei.

— Eu não sei.

— Não brinque comigo! Qual seu nome?

— Já disse que não sei.

— NÃO MINTA PARA MIM!!! — gritei e comecei a socar seu rosto sem parar. Noah estava atrás de mim e segurou meus braços para que eu parasse.

— Solte-me! Esse desgraçado está mentindo e pode muito bem ser o Sebastian.

— Não, Luke, não é o Sebastian. Olhe como ele é baixo, e você acha mesmo que um cara que tem poder para sair da prisão vai se sujeitar a isso?

— Talvez seja isso que ele quer, nos enganar fazendo o improvável. Quem sabe é alguém ligado a ele?

— Luke, você está fora de si, esse cara deve ser um andarilho. Vamos — falou Noah, puxando-me para sairmos da casa.

— Está tudo bem? — perguntou Ethan.

— Sim, havia apenas um morador de rua dentro da casa. Vamos para o próximo endereço — disse Noah enquanto caminhávamos para o carro.

Esperei até que eles entrassem no carro para sair em disparada em direção à casa novamente. O cara podia não ser Sebastian, mas alguma ligação com ele devia haver. As portas da casa estavam trancadas e as janelas também. O buraco em uma das janelas não era grande o suficiente para passar nem uma criança, sendo assim, seria necessário ter as chaves. Quando entrei, já não o encontrei lá; o homem havia fugido. Forcei as portas para confirmar minhas suspeitas e estavam todas trancadas. Não demorou muito para que eles entrassem também.

— Nós o perdemos, vamos embora — falei, irritado.

Quando entramos no carro, não perdi meu tempo explicando minha teoria. Seguimos em silêncio para o galpão de artes e levamos mais tempo para chegar até lá. O lugar é todo fechado e não teríamos como entrar sem arrombar uma porta.

— Você fica aqui — disse Ethan para mim.

— Não fode, Ethan. Se eu não for, ninguém vai. Ela é minha irmã, e eu vou pegar esse filho da puta.

Nenhum dos dois falou mais nada, e seguimos os três, observando se o lugar possuía câmeras ou alarmes de segurança. Por estar localizado em um condomínio nobre, as câmeras não eram necessárias, mas o alarme estava ativado.

— E agora, como vamos entrar? — perguntei.

— Esse alarme impede que pessoas entrem, sendo assim, ele pode estar aí dentro. Agora, vocês nunca me viram fazendo isso — avisou Ethan antes de desarmar o alarme com um pequeno equipamento; provavelmente, coisas da polícia.

Após desativar o alarme, Ethan olhou para Noah.

— Sabe abrir uma fechadura sem chave?

— Está brincando? — disse Noah, pegando dois grampos no bolso.

— Vamos querer saber como aprendeu isso — falei.

— Com toda certeza, não — respondeu Noah, tirando o cadeado já aberto.

— Vamos — disse Ethan, entrando.

O lugar não era grande. Nas paredes havia quadros pendurados, mas só um deles chamou minha atenção — o que estava pendurado em uma parede, sozinho, e o mais estranho é que estava em branco.

— Apaguem as luzes.

— O quê? — perguntou Ethan.

— Apaguem as luzes, preciso ver uma coisa.

Assim que eles apagaram as luzes, aproximei-me do quadro, acendendo uma pequena luz que estava acima dele. A tinta usada nele era invisível à luz comum, e a pintura representava uma mulher sendo sufocada por duas grandes mãos. Ainda com a luz apagada, analisei os demais quadros para identificar se mais algum escondia algo, mas não encontrei nada, e, de repente, as luzes se acenderam.

Olhei para Ethan e Noah, questionando quem havia acendido, e eles negaram com a cabeça. Havia mais alguém no lugar. Escondi-me atrás de uma grande tela enquanto Ethan e Noah se esconderam em outro lugar que eu não conseguia ver. Os passos se aproximavam e eu olhava de canto, tentando vê-los: um deles era um homem alto, de meia-idade — só podia ser ele. Endireitei-me para partir pra cima dele, mas ele saiu do meu campo de visão e escutei outra voz.

— Precisa ir, estão te procurando — falou um dos homens.

O homem não falou nada, e de repente escutei um grande estrondo, e as luzes se apagaram. Em seguida escutei a porta bater com força. O desgraçado havia estourado a caixa de luz e nos trancado do lado de dentro. Noah correu até a porta, mas, com o nervosismo, suas mãos não estavam firmes, o que dificultou abrir a fechadura. Ouvimos um carro acelerando, e, quando saímos, não os encontramos mais.

— Merda! — falei em voz alta.

— Era o cara da casa?

— Provavelmente. Quem mais saberia que estamos atrás dele? — confirmei.

— Filho da puta!

— Com certeza, o homem vivia na casa como um morador de rua para não levantar suspeitas e conseguir passar informações para ele — falou Noah.

— Se tivessem me escutado, isso não teria acontecido. Tudo naquela casa estava estranho: as portas e as janelas estavam trancadas a chave, e, por mais que o cara estivesse sujo, a casa estava limpa. Alguém morava lá, e não poderia ser um morador de rua — expliquei.

— Você percebeu tudo isso nos poucos minutos lá dentro? — perguntou Ethan.

— Sim. Quando se cresce em uma família como a minha, observar é a maior arma. Todos os detalhes são úteis.

Não arriscamos o último endereço, pois provavelmente seria o último lugar a que Sebastian iria sabendo que estavam procurando por ele. Voltamos para minha casa, Noah pegou seu carro e Ethan voltou para a delegacia. Quando entrei em casa, vi Amber dormindo no sofá. Subi devagar a escada para não a acordar.

A raiva me consumia. Havíamos perdido a chance de pegá-lo e agora teríamos de esperar seu próximo passo. Na minha cabeça, repassei as pinturas que vi no galpão, e era possível notar seu fascínio pela ponte, pois várias das pinturas a retratavam. Mesmo com a cabeça a mil, o cansaço me venceu, e eu adormeci.

No dia seguinte, acordei e não vi Amber. Desci até a cozinha e ela não estava em lugar algum. Abri a porta da rua e fiquei por alguns minutos encarando o jardim, quando a vi correndo em minha direção. Ela estava feliz, mas foi imprudente por sair assim, sozinha. Ela ignorou minha preocupação, entrando em casa.

Ela estava diferente. Parecia mais calma, mais serena, mas o que ela quis dizer quando falou que iria acabar com o tormento? Virei-me para fechar a porta quando escutei um veículo parando. Virei o rosto e vi Alisson saindo do carro. Ela caminhava em minha direção.

— Amber está?

— Lá em cima — falei, como se não ligasse para sua presença.

— Luke.

— O quê?

— Até quando vamos ficar assim?

— Assim como? Sempre fomos assim, nada mudou.

— Isso, Luke, continue sendo esse idiota — disse, já subindo as escadas.

Subi em seguida e entrei em meu quarto, sabendo que logo ela iria embora. Amber sairia para a terapia e Alisson iria para a faculdade, então não precisava me preocupar com isso.

Aproveitei para tomar um banho longo, e, quando terminei de me aprontar, deitei na minha cama, esperando ouvir a porta de Amber abrir e elas saírem. Não demorou muito para ouvi-las descer. Esperei alguns segundos e desci, indo direto para a cozinha. Parei quando a vi sentada. Seu cabelo estava preso em um coque alto, deixando sua nuca exposta. Meu Deus, como ela é linda!

— Vai ficar parado olhando? Eu não mordo, e a casa é sua.

— Quem disse que estava olhando para você?

— Posso ver seu reflexo na tela do meu celular.

Caminhei em direção à geladeira e peguei uma garrafa de água sem olhar diretamente para ela.

— Chamou-me de infantil naquela mensagem, mas quem está agindo como uma criança agora é você.

— Nunca disse que não sou como uma. A questão é que não sei como agir com você, não sei o que sinto por você, porque muitas vezes eu te detesto, e outras, quero te tomar em meus braços.

— Sabe que não podemos fazer isso.

— Então me diga que não pensa naquela noite — falei, aproximando-me.

— Não, eu não penso. Como você disse, foi só uma transa boa.

— Diga olhando nos meus olhos que foi só isso — disse, segurando seu queixo para que me olhasse.

— Luke...

— Diga, Alisson. Fale do que sente, diga-me o que quer.

— Eu não sei o que quero, mas sei que me odeio por, às vezes, pensar em você. Amber pode esquecer tudo o que você fez, mas eu não consigo, não posso.

— Não pode ou não quer?

— Os dois. Esquecer tudo que fez é o mesmo que aceitar, e eu não quero aceitar, pois isso pode voltar a acontecer, e eu jamais me perdoarei.

— Eu sou um monstro para você, e não adianta quantas vezes eu peça desculpas, não importa. Sempre serei isso para você: um monstro — falei, soltando seu queixo para sair.

— Luke! — lamentou ela, segurando minha mão.

— O quê? Eu não sou meu pai, Alisson. Eu não quero ser como ele e tenho lutado todos os dias para mudar isso toda vez que vejo o que ele fez e faz com nossa família, mas não é assim tão fácil. Eu cresci sendo ensinado que o mundo funciona desse jeito, e durante anos ele foi meu referencial. Ele era tudo que eu queria ser, porque eu não entendia o quanto ser daquela forma era ruim. E infelizmente faz parte de quem eu sou, e não, não vou conseguir mudar tudo o que aprendi e vivi de uma hora para a outra. Mesmo que eu queira, é impossível. Para poder parar de machucar as pessoas que me cercam, preciso primeiro parar de me machucar. Pessoas feridas ferem os outros, Alisson.

— Luke, olhe para mim.

Não me permiti virar, não queria mostrar minhas lágrimas.

— Olhe para mim — insistiu, ficando na minha frente.

— Eu te invejava, Alisson. Sempre que olhava para você, eu queria ser como você. Queria saber esconder minhas feridas para não machucar ninguém além de mim mesmo. Você é uma mulher forte.

— Não, eu não sou. Você não sabe como tenho medo de deixar que veja o que há por trás do que eu mostro, toda a dor que me consome. Você me inveja por esconder e, às vezes, eu só queria saber colocar para fora, mas não quero machucar ninguém.

Tentei virar meu rosto para que ela não visse as lágrimas que caíam.

— Não as esconda, Luke. Deixe que a dor saia. Se você quer mudar, mude; leve o tempo que precisar, mas mude e seja um homem totalmente diferente do seu pai — ela falou com os olhos cheios de lágrimas, segurando meu rosto com as duas mãos.

Encostei minha testa na dela, enxugando seus olhos com meus polegares, enquanto ela fazia o mesmo. Nossos olhos estavam muito próximos, então tomei sua boca em um beijo lento e demorado.

— Luke, sabe que não podemos ficar juntos, não sabe? — perguntou, afastando sua boca da minha. Deixei minha testa junto à dela outra vez.

— Eu sei, eu sei — falei, afastando-me.

— É melhor eu ir — disse ela, levantando-se.

Ela caminhou lentamente até a porta, mas não queria deixá-la ir.

— Alisson — chamei-a, chegando perto de suas costas.

Ficamos os dois em silêncio por alguns segundos — queria tomá-la em meus braços. Encostei meu nariz no topo da sua cabeça, deixando-me sentir o cheiro gostoso do seu xampu. Minhas mãos passearam por seus braços, sentindo sua respiração pesada. Deus, como eu desejo essa mulher! Alisson virou lentamente para me encarar. Segurei seu rosto com minhas mãos e a beijei outra vez, prendendo seu corpo contra a porta, na tentativa de não a deixar sair.

— Não podemos — sussurrou ela, sem deixar minha boca.

— Eu sei, eu sei — murmurei contra seus lábios, beijando-a com mais intensidade para, então, me afastar, deixando-a ir.

23

Depois que Alisson se foi, a raiva me tomou. Sentia raiva de mim por não ser capaz de negar tudo que me foi ensinado; raiva do meu pai, por ser esse homem cruel; e raiva da minha mãe, por ter aceitado tudo isso calada, o que acabou me calando também. Agora o que eu queria era poder dizer tudo o que sinto, falar de todos os sentimentos que rasgam o meu peito, mas não consigo. Nesse momento tudo o que eu queria era desaparecer e parar de sentir; talvez, agora eu entendesse o que Amber queria quando tomava os comprimidos.

Dominic me disse que as pessoas que crescem em famílias como a nossa têm uma baixa inteligência emocional, e isso quer dizer que não aprendemos a lidar com as emoções. Por esse motivo, temos dificuldade de tolerar as emoções, o que prejudica nossa saúde mental e resulta em alguns transtornos — o que é injusto, pois, quando nascemos, somos seres dependentes e influenciáveis, sendo assim, se o meio em que vivemos não é saudável, nós também não seremos. Cheguei a acreditar que os pais deveriam fazer terapia para lidar com suas dores antes de terem filhos. Isso evitaria tantos problemas e tanto sofrimento, não só para os filhos, mas para o mundo todo.

Depois de um tempo refletindo e remoendo minhas dores, peguei no sono. Acordei com meu celular tocando embaixo do meu travesseiro.

— Noah? Que horas são?

— Luke, Sebastian pegou Alisson para chantagear Amber! Agora não consigo falar com ela, e ele provavelmente vai querer uma troca: Amber por Alisson.

— E como você sabe disso tudo?

— Isso não importa agora. A questão é que não sei para onde ele pode tê-la mandado ir. Precisamos encontrá-las, me encontre nos fundos da sua casa.

Levantei rápido e fui até o quarto dela procurar por algum sinal de onde poderia ter ido. Não encontrei nada além do celular, que estava dentro do vaso sanitário. Peguei-o e tentei ligá-lo, mas não tinha nenhum sinal. Tentei secá-lo com a toalha, mas mesmo assim não funcionou. Saí pela janela do quarto de Amber, e o carro de Noah estava parado a poucos metros. Corri e entrei no carro, batendo a porta.

— O que vamos fazer? — perguntou Noah.

— Não sei. Passei no quarto dela para ver se encontrava algo mas não tinha nada. Encontrei o celular, mas não está funcionando. Precisamos pensar em possíveis lugares: ele não a levaria para casa ou para o estúdio, pois seria óbvio demais, mas ainda não vimos a cabana.

— Talvez esse seja o pensamento dele: por ser óbvio, não iremos procurá-lo nesses lugares. Ligue para o Ethan e peça para verificar a cabana. Ele pode ir mais rápido do que nós dois, se ligar a sirene.

— Certo.

Disquei o número de Ethan. Ele atendeu imediatamente.

— Luke? Está tudo bem?

— Sebastian está com Alisson e pode estar com a Amber também. Estou com Noah. Vamos verificar os dois locais a que fomos da última vez e você precisa ir até a cabana. Com o trânsito, ela fica a uns cinquenta minutos daqui, mas se ligar a sirene pode chegar lá bem mais rápido.

— Como tudo isso aconteceu?

— Isso realmente importa agora?

— Vou tentar rastrear o celular dela.

— Não adianta, encontrei o celular dentro do vaso sanitário. Provavelmente ele mandou-a jogá-lo fora.

— Merda, sejamos rápidos, então. Vou mandar dois outros policiais para verificarem a cabana, irei ao galpão e vocês vão para a casa.

Quando chegamos à casa de Sebastian, estava tudo apagado como da outra vez. Entramos pela janela quebrada e nos dividimos entre os cômodos.

— Noah, vamos, não há nada aqui — eu disse, mas ele não me ouvia. Segui em sua direção, e, quando entrei no quarto, vi algo que me fez paralisar: as paredes cheias de fotos da minha irmã em diversas situações do cotidiano, como se nos momentos vagos ele a seguisse para observá-la. Olhei para a cama e vi sobre a cabeceira um quadro muito semelhante aos que vi no galpão de arte.

— Nós não vimos isso quando viemos aqui — disse Noah.

— Não, não vimos. Vocês estavam tão certos de que não havia nada aqui que nem sequer permitiram que olhasse a casa. Agora escute, tenho uma ideia de lugar para irmos: o estúdio dele. Observei diversas pinturas da Tower Bridge lá — o cara é obcecado por ela. Vi também algumas em que esboçava a figura de uma mulher na ponte. Talvez seja para lá que ela está indo — falei, pegando Noah pelo braço. Nesse mesmo momento, Ethan começou a ligar.

— Não tem nada no galpão.

— Acho que descobri para onde ele a levou. Vamos para a Tower Bridge; o cara é obcecado pela ponte.

— Espero que esteja certo.

— Eu também espero — falei, desligando.

Antes de sairmos, escutei Noah arrancar as fotos das paredes.

— Noah, não temos tempo para isso.

— Ela está exposta em todo lugar! — disse ele, com raiva.

— Mas é a vida dela que está em jogo agora — afirmei, segurando-o pelos braços. Como se saísse de um transe, ele me acompanhou para fora do quarto e corremos até o carro.

O caminho até a ponte pareceu eterno. Escutei meu celular tocando; era Ethan. Atendi, torcendo para que tivesse boas notícias.

— Você estava certo, estamos na ponte...

— Você a encontrou? — perguntei, cortando sua fala.

— Não, a boa notícia é que ele libertou Alisson, e ela está segura, mas ela mandou que encaminhasse as equipes de resgate com a hipótese de Amber estar na água. Torça para que ela esteja errada.

Desliguei o telefone no mesmo momento.

— O que ele disse? — perguntou Noah.

— Que estão na ponte, e que ela pode estar na água — falei, ainda sem acreditar.

Noah dirigiu feito um louco, e por sorte não havia muito trânsito, por passar da meia-noite. Entramos na ponte sem ver nada à nossa volta, e quando estacionamos, não os vimos. Ethan também havia acabado de chegar e estava gritando com alguém no telefone. Noah se aproximou da grade e olhou para baixo. Ele a viu enquanto observava Sebastian perdendo a vida e se inclinou na intenção de tentar salvá-la, então escutei Ethan gritar atrás de mim:

— LUKE, SEGURE-O, É PERIGOSO DEMAIS! O RESGATE JÁ ESTÁ TRABALHANDO, VAMOS ENCONTRÁ-LA.

A correnteza do Tâmisa é forte e rápida, e Amber sumiu de nossas vistas em questão de segundos. Segurei os braços de Noah com força e o afastei da beirada da grade. Ethan nos orientou enquanto ainda segurava Noah, pois sentia que, se não o segurasse, seria capaz de me jogar também. Depois de alguns segundos, consegui soltá-lo e caminhamos até seu carro, seguindo em direção ao hospital.

Quando chegamos lá, ficamos na sala de espera, e não demorou muito para Alisson chegar. Pensei em ir falar com ela, ver se estava bem, mas percebi que não estava sozinha. Observei-a por alguns segundos e desviei meu olhar para a porta. Não sei quanto tempo ficamos esperando que aquelas portas se abrissem, mas, quando elas se abriram, me arrependi de desejar que isso acontecesse.

Os primeiros a entrar carregavam uma maca com um saco preto, provavelmente com o corpo de Sebastian. Aguardamos a porta se abrir novamente, esperando ver minha irmã entrando a salvo, mas, ao invés disso, observamos mais um saco preto na maca que acabara de entrar. Haviam encontrado um segundo corpo.

Demorei para processar a informação, mas me levantei, indo atrás deles. Escutei Noah desabando. Alisson pareceu apagar, mas nada disso importava agora. Parei a mais ou menos um metro de distância de onde estavam os corpos. Meu peito doía — não tive tempo de pedir desculpas, não pude dizer a ela como era importante, e agora, ela se foi.

Conforme tentei raciocinar, aproximei-me, pois, quando a visse, tudo se tornaria real. Antes mesmo de chegar ao meu destino, escutei uma voz:

— Luke? — Era a voz da Amber.

Olhei para trás e lá estava ela, enrolada em um cobertor térmico, sentada em uma cadeira de rodas. Não sei explicar o que senti, mas é como se meu coração parasse de bater, e pela primeira vez me permiti chorar sem me preocupar com todos à minha volta.

— Amber? Como?! — perguntei, sem acreditar, indo em sua direção.

— Sua irmã é realmente muito corajosa. Agiu da forma coerente, não lutou contra a água e se deixou levar, como se fosse uma boia. Isso a salvou. Agora, preciso levá-la para fazer uns exames e garantir que ficará tudo bem — falou uma das moças da equipe de resgate.

— Mas quem estava no segundo saco? — perguntei, preocupado.

— Emily Brown. Ela se jogou da ponte meses atrás.

Olhei em volta, procurando Alisson. Tudo aconteceu em uma fração de segundo, e, quando a vi, ainda estava desacordada. Caminhei até ela, tomando-a dos braços do homem que a acompanhava; ele me encarou feio, mas não contestou. Uma enfermeira nos alcançou, e a colocamos sobre uma maca na enfermaria para aplicar um soro com medicação. Sentei-me ao seu lado e esperei que o medicamento fizesse efeito. Não demorou muito para que ela abrisse os olhos. Com dor, ela me olhou nos olhos, como se me questionasse sobre tudo.

— Ela está bem, o corpo não era dela. Ainda não sei de quem era, mas não era ela.

Vi seu olhar se iluminar enquanto eu falava.

— Onde ela está?

— Levaram-na para fazer alguns exames, e provavelmente ficará internada. Vou chamar seu acompanhante — falei, levantando.

— Não, fique, por favor — pediu ela, pegando a minha mão.

— Como tudo isso aconteceu? Ele fez alguma coisa com você?

— Não gostaria de falar sobre isso agora, quem sabe outro dia?

Quando o soro acabou, a enfermeira a liberou e voltamos para a recepção. Para o meu desgosto, o cara ainda estava lá, esperando-a. Alisson olhou para mim, agradecendo em um sussurro quase inaudível. Pensei em deixá-la ir, mas comecei a caminhar logo atrás dela, e, quando se aproximou do cara, enfiei-me entre os dois.

— Prazer, Luke. E você, quem é?

— Chamo-me Isaac. É um prazer.

— E vocês dois são... — perguntei, mas fui interrompido por Alisson.

— Luke, pare com isso!

— Ela se jogou na frente do meu carro para pedir ajuda, e agora estamos aqui.

— Ah, que ótimo! Sua melhor amiga quase foi morta por um sádico sexual, e você está andando com um estranho.

— Posso garantir que não faço esse tipo — assegurou Isaac.

— E por que sua palavra valeria? Não te conheço, e nem você conhece Alisson. Vamos para lá — eu disse, segurando seu braço.

— Luke, me solte, estou bem aqui. Obrigada pela preocupação, mas é melhor você ir.

— Se quer assim — falei, saindo irritado.

Caminhei até onde Noah estava sentado e sentei-me ao seu lado.

— O que rola entre você e a Alisson?

— Nada.

— Então o que foi aquela crise de ciúmes?

— Ah, não fode, Noah!

Depois de alguns minutos esperando por notícias, Ethan apareceu e se sentou na poltrona ao lado de Noah.

— Você a ama? — perguntou Ethan, direto ao ponto.

— Que pergunta é essa? — Noah perguntou, confuso.

— Só me diga: você a ama?

— Ela é o motivo pelo qual deixei o tráfico.

— Você... o quê?!

— Eu ia chamar você para conversar sobre isso, mas é algo que deve ficar em sigilo. Entreguei minha área a um parceiro, e, não, Ethan, não vou entregá-lo a você, mas meu nome vai continuar envolvido para que os fornecedores acreditem que ainda estou dentro.

— Nesse mundo de tráfico, ninguém sai com vida. — Ele fez uma pausa, como se estivesse processando o que acabara de ouvir. — Bom, cuide dela — disse Ethan, levantando-se.

— Aonde você vai? Está desistindo da Amber? — perguntei, sem entender.

— Estou abrindo mão, Luke. Ele é o cara que pularia da ponte atrás dela, mesmo sabendo que poderia morrer, o cara que deixou uma vida errada para trás para ficar com ela. Ele a ama de verdade, eu só preciso dela, mas ela já não precisa de mim.

— E para onde vai agora?

— Tenho um contrato para cumprir aqui, então, não vou a lugar nenhum. Só não serei mais o mesmo cara. Mande-me notícias.

Não falei nada, só o observei sair. Levou algumas horas para recebermos a notícia de que Amber estava bem e que ficaria internada sem risco de vida, mas não poderíamos visitá-la agora.

— É melhor vocês irem descansar. Deem-me os números de contato, que avisarei vocês assim que tiver qualquer notícia; ela ficará bem — garantiu a enfermeira.

— Vamos. Eu deixo você em casa — disse Noah, oferecendo-me carona.

O caminho foi tranquilo e silencioso, e, quando cheguei, meus pais ainda dormiam. Estava quase amanhecendo, e aproveitei para tomar um banho e dormir um pouco, mas, antes de me deitar, observei um bilhete colado na cômoda: "Lembra onde guardávamos nossos tesouros? Deixei algo muito valioso para você. Use para proteger a mamãe".

Costumávamos guardar nossas coisas em um fundo falso que Amber fez em uma gaveta do armário do seu banheiro. Fui até lá e encontrei um pendrive. Nele, estava escrito "contra fatos, não há argumentos". Voltei ao meu quarto e conectei-o ao meu computador. Agora conseguia entender o que ela quis dizer quando falou que acabaria com o tormento. O pendrive estava cheio de vídeos do meu pai nos agredindo. Fiz uma cópia dos vídeos e guardei-o novamente onde estava — quando fosse a hora certa eu o usaria. Estava tão cansado que me deitei e apaguei rapidamente.

Acordei com o som da discussão dos meus pais. Minha mãe chorava enquanto meu pai gritava. Eu sabia exatamente o que tinha de fazer.

— Chega, Agatha, já estou cansado de lidar com os problemas que Amber arruma! Quantas vezes mais ela vai precisar estragar nossas vidas? Isso tudo é sua culpa: você foi uma mãe ruim, não soube educar nenhum dos dois.

Pelo visto já foram informados sobre o que havia acontecido com Amber na noite passada.

Quando cheguei ao fim da escada, pude ver quando ele acertava o rosto dela com os punhos fechados. No mesmo momento corri em sua direção e parti para cima dele, derrubando-o e desferindo em seu rosto vários socos.

— Você nunca mais vai tocar em ninguém desta família! — eu gritava, com raiva.

— O que está fazendo, seu moleque?

— O que você nunca foi capaz de fazer: defendendo a minha família. Não foi a Amber que nos desgraçou, foi você. Você nunca nos amou, nunca passamos de aparências!

— Luke, pare! — minha mãe pediu, chorando.

— Não, mãe, já chega! Ele nunca mais vai se aproximar de você.

— Acha mesmo que isso vai ficar assim? — ameaçou ele.

— Não, não vai, você vai para a cadeia.

— E como é que você vai provar isso?

— Amber tem vários vídeos seus agredindo nossa mãe. Eu sempre soube que ela era a mais forte, e você sabe muito bem disso, pois ela nunca abaixou a cabeça pra você. Ela aguentou tudo sozinha, nós a fizemos sofrer. Somos os responsáveis pelo sofrimento dela, mas não mais, não vou admitir que isso aconteça de novo.

Ele levou um susto quando a campainha tocou.

— Mãe, abre a porta.

— O que você fez, Luke?

— Abre a porta, mãe.

Ela demorou um pouco para tomar coragem e abrir. Ethan e outro policial entraram, dando voz de prisão.

— Seu filho da puta, eu te dei tudo que você tem, e é assim que me agradece?! Ethan, faça alguma coisa — suplicou meu pai.

— Pode levá-lo — disse Ethan ao outro policial.

— Aqui está a cópia com os vídeos.

— Sabe que não vai ser fácil, né? — perguntou ele, e percebi que havia um pouco de preocupação e alívio em sua voz.

— Sim, mas esta é a forma que tenho de tentar me redimir. Ele precisa pagar pelo que fez, assim como estou pagando pelos meus erros. Não que isso os exclua, eles ainda existem, a diferença é que não quero ser mais a pessoa que ele criou.

Ethan consentiu com a cabeça:

— Mantenho você informado, Luke, e, senhora Agatha, terá que vir com a gente.

Minha mãe me olhava, confusa, com as mãos na boca e os olhos cheios de lágrimas.

— Mãe, você precisa ser forte, você aguentou isso por tempo demais. Agora está livre. Eu a levo, Ethan.

— Certo, espero vocês na delegacia.

24

Uma semana depois

Amber

Acordei com uma baita dor de cabeça. Luke estava dormindo sentado na cadeira ao lado da cama. De repente a porta do quarto se abriu e olhei imediatamente — ele abriu um grande sorriso. Na primeira semana, não permitiram que eu recebesse visitas, pois havia engolido água poluída do Tâmisa, o que deixou meu corpo fragilizado. Não poderia ter contato com ninguém devido ao risco de pegar algo.

— Você acordou! Só Deus sabe como tive medo de te perder, nunca mais faça isso, não me deixe — falou Noah.

— Quem é você? — perguntei, olhando sério.

Seu sorriso se desfez de imediato. Foi então que soltei uma gargalhada.

— Eu sempre estarei por perto, Noah, se assim você quiser.

— Você é engraçadinha, né?

— Ah, vai dizer que não foi engraçado? Tinha que ver a sua cara de assustado.

— Nunca mais faça isso, nunca me esqueça. Eu amo você, Amber. Acho que eu sempre te amei, mas não conseguia admitir.

— Vamos com calma, ainda tem aquela arma? — perguntei, rindo.

— Não, não a tenho mais. Pelo visto, você está ótima, não é?

— Estou. O que fez com ela?

— Um dia você me fez prometer que, quando encontrasse a mulher da minha vida, aquela pela qual valesse a pena mudar, eu largaria a vida no tráfico, e assim eu fiz. Então, não, não tem mais arma.

Eu arregalei meus olhos, sem entender e sem acreditar.

— Jura? Quando isso aconteceu? — perguntei, com os olhos cheios de lágrimas.

— Juro. No dia em que Ethan te buscou na minha casa, fiquei muito puto por não ser eu a te proteger.

— Eu estou tão orgulhosa, Noah! — eu o interrompi.

— Você me fez querer lutar, me fez ter coragem para fazer o que sempre quis. Você é a razão de tudo isso.

— E como conseguiu fazer isso?

— É uma longa história.

— Que você vai me contar todinha depois.

— Sim. Agora me conte, como sobreviveu?

— Quando caí, eu não estava com medo, porque sabia o risco quando decidi subir lá para salvar Alisson. Simplesmente me entreguei de bom grado às águas.

— Você foi muito corajosa.

— Obrigada. Como estão todos?

— Espero que seu coração esteja bom, pois o que aconteceu enquanto estava aqui vai gerar fortes emoções.

— Para de enrolar.

— Bom, Luke e seu pai tiveram uma briga feia, parece que ele tinha muita raiva guardada. Ah, e descobri que ele tem feito terapia.

— Mentira! Nunca imaginei Luke entrando em um consultório para falar sobre os problemas, mas fico muito feliz. Meu pai meio que destruiu Luke por dentro; ele e minha mãe. Saber que ele finalmente deixou essa raiva sair é muito bom.

— Graças a você, seu pai foi preso, está tentando responder em liberdade, mas Ethan está dificultando.

— Saber disso me deixa feliz. Não sei quantas vezes pedi que isso acontecesse.

— E tem mais: Alisson está saindo com alguém.

— Jura? Quem?

— Isaac, um cara muito gente boa.

— Mentira! Como eles se conheceram?

— Digamos que ela se jogou na frente do carro dele para pedir o celular naquele dia na ponte. Depois disso eles passaram a se conhecer melhor; o problema é que Luke não gostou nada disso.

— Luke? O que ele tem a ver com isso?

— Não sei, mas vi como ele olhava para ela no hospital, e como ficou com ciúmes do Isaac.

— Sempre os imaginei juntos — falei, rindo. — E o Ethan, como está?

— Ele provavelmente virá te visitar. Acredito que esteja bem.

— Você se saiu um bom fofoqueiro — disse, enquanto ria.

— Ai de mim se não te contasse tudo!

— Realmente, eu iria te matar. Agora posso perguntar uma coisa, Noah?

— Tudo que você quiser.

— Quem estava no outro saco preto, junto com Sebastian?

— Uma jovem chamada Emily.

— Emily Brown? Lembro-me do noticiário. Agora, finalmente, a família poderá se despedir — falei, interrompendo-o. — Agora, diga-me, quando eu escovar os dentes, você vai me beijar? — perguntei, rindo. Eu estava com um bafo horrível.

— Eu posso te beijar agora mesmo, só não abra a boca — disse ele, rindo e fazendo uma careta.

Noah se aproximou, colando seus lábios nos meus.

Um mês depois

— Como você está se sentindo?

— Bem, Liz, posso dizer que meu pai esteve errado esse tempo todo. Não é através da dor; é através do amor. Só o amor é capaz de nos transformar. Foi através do amor que minha mãe se libertou do meu pai; que Luke conseguiu colocar a raiva para fora e aceitou fazer terapia; que Alisson se permitiu sentir coisas novas; que Ethan e eu finalmente colocamos um ponto final na nossa história e podemos seguir em frente; e que Noah conseguiu sair do tráfico. Então, posso dizer com toda a certeza que agora estou bem.

— E como se sente em relação à morte do Sebastian? Afinal, você o viu morrer. Já faz um mês, e ainda não se permitiu falar sobre isso.

— Para ser bem sincera, não sei o que sinto, mas pretendo descobrir.

— E quais são seus planos agora?

— Viver o presente ao lado das pessoas que eu amo. Além disso, a minha história com Noah está só começando.

Epílogo

Alisson

Isaac é um cara legal. Conhecê-lo foi algo bom; estamos juntos há dois meses, e hoje ele disse que me ama. Fiquei completamente muda e sem reação — gosto dele, mas não sei se sou capaz de deixar minhas emoções saírem dessa forma, e também não sei se ele é capaz de lidar com toda a minha história. Além disso, tem o Luke. Ele está diferente. Ainda continua abusivo em muitos comportamentos, mas ao longo do tempo ele tem conseguido mudar muitas coisas. Ele me confunde, me tira dos trilhos e me faz perder o medo de sentir. Estar com ele é perder o controle de tudo, mas, e se eu me descontrolar e deixar tudo vir à tona? Não sei se sou capaz de reviver tudo e ainda sair inteira.

Posfácio

Os personagens e suas histórias são fictícias, tendo como base os atendimentos dentro da clínica psicológica.

Se você constantemente é tomado pelo sentimento de vazio, perda de interesse nas atividades da rotina e atividades anteriormente prazerosas, sofre com insônia e uma tristeza sem motivo aparente e constante por pelo menos duas semanas seguidas, é importante que busque ajuda profissional de um psicólogo e um psiquiatra. A **depressão** é um transtorno psicológico incapacitante, sendo assim, pode ser difícil aceitar ajuda. Muitas vezes existe uma descrença na melhora, mas, assim como Amber, é possível dar a volta por cima com o tratamento certo. A depressão, assim como outras situações vivenciadas, pode desencadear um sentimento que o leva a acreditar que a única solução é o suicídio, mas é possível mudar esse pensamento e também ressignificar sua vida. Sei que agora pode parecer a única solução, mas acredite em mim, não é. Talvez você pense que seu caso não tem mais jeito, que não quer ajuda, mas isso é apenas a sua dor falando. Junto com o profissional certo você pode, sim, dar um novo sentido à sua vida, elaborando todos os seus traumas e tendo um futuro incrível.

O atendimento pode ser fornecido GRATUITAMENTE pelo SUS em uma unidade próxima à sua casa, CAPS ou faculdades de psicologia. Além desses, você pode encontrar ajuda em clínicas particulares e planos de saúde. Em caso de emergência ou desejo suicida, você pode ligar para o CVV, discando 188.

Observamos também, no decorrer da história, os danos que a violência física, emocional e psicológica pode causar. Muitas mulheres que vivenciam esse tipo de agressão têm dificuldades de denunciar os abusos, mas existem ONGs que fornecem auxílio a essas mulheres para encontrarem uma saída. Mesmo que você dependa do agressor financeiramente, é possível quebrar esse ciclo. Procure ajuda.

Para denúncias, disque 100.

Agora vou apresentar algumas ONGs que fornecem ajuda.

Artemis

Fundada em 2013, a Artemis é uma organização que visa promover a autonomia das mulheres e contribuir com a eliminação de todas as formas de violência cometidas contra as mulheres. Além de combater a violência doméstica, também fornece auxílio em casos de violência obstétrica cometida por profissionais da saúde no momento do parto.

Instituto Maria da Penha

A Central de Atendimento à Mulher é um serviço criado para o combate à violência contra a mulher e oferece três tipos de atendimento: registros de denúncias, orientações para vítimas de violência e informações sobre leis e campanhas.

Esses são apenas alguns meios de buscar ajuda. Existem vários outros sites e locais que podem fornecer o atendimento.

A Central de Atendimento à Mulher — ligue 180 — funciona 24 horas por dia, de segunda a domingo, inclusive feriados. A ligação é gratuita e o atendimento é de âmbito nacional.

Leia também, da autora

SOMBRA E NÉVOA

Como seria viver sem a luz do sol, em uma noite eterna? Heméra, princesa grega da terra de Erétria, mesmo num reino coberto por uma maldição, nunca deixou que o medo a paralisasse e enfrentou as trevas para viver tudo o que lhe era predestinado. Não sabia o que era a luz do dia, mas não perdeu seu brilho. Heméra cresceu sem amor e afeto, mas soube tirar sua força e suas paixões da convivência com os amigos Otis, Greta e Amara. Sua origem, sua história e sua força fazem dela uma personalidade forte, marcante e envolvente. *Sombra e Névoa* é uma história com personagens mágicos e fascinantes, cenários magníficos de reinos antigos, e deuses e deusas da Mitologia. Mas, acima de tudo, reflete as adversidades que qualquer homem ou mulher pode vencer em qualquer época.